走动的石人

艾克拜尔·米吉提小说精选集

艾克拜尔·米吉提

AIKEBAIER · MIJITI
ZHU
著

山东城市出版传媒集团·济南出版社

图书在版编目(CIP)数据

走动的石人:艾克拜尔·米吉提小说精选集 / 艾克拜尔·米吉提著. —济南:济南出版社,2021.6
 ISBN 978-7-5488-4731-1

Ⅰ.①走… Ⅱ.①艾… Ⅲ.①短篇小说-小说集-中国-当代 Ⅳ.①I247.7

中国版本图书馆 CIP 数据核字(2021)第 124231 号

走动的石人

艾克拜尔·米吉提　著

出 版 人	崔　刚
图书策划	田俊林
责任编辑	李圣红　董慧慧
装帧设计	八牛设计
出版发行	济南出版社
地　　址	济南市二环南路1号
邮　　编	250002
印　　刷	济南鲁森印务有限公司
成品尺寸	148mm×210mm　32 开
印　　张	7.5
字　　数	159 千
版　　次	2021 年 6 月第 1 版
印　　次	2021 年 6 月第 1 次印刷
书　　号	ISBN 978-7-5488-4731-1
定　　价	39.00 元

(如有倒页、缺页、白页,请直接与出版社联系调换。联系电话:0531-86131736)

目 录

第一辑

哦！十五岁的哈丽黛哟…… / 3
遗 恨 / 26
绿茵茵的草坪 / 41
天 鹅 / 48
静谧的小院 / 55

木 筏 / 70
瘸腿野马 / 77
角度——目标 / 89
潜 流 / 91
雪 崩 / 98

第二辑

红牛犊 / 107
古 洞 / 122
鹿 迹 / 137

归 途 / 146
走动的石人 / 154
群山与莽原 / 163

第三辑

风化石带 / 175

航　标 / 190

心瓣膜 / 194

前三门四号楼 / 198

猎鹰手 / 202

灰　灰 / 209

我的苏莱曼不见了 / 213

果子沟 / 221

快递哥哥 / 226

巡　山 / 229

犟　马 / 232

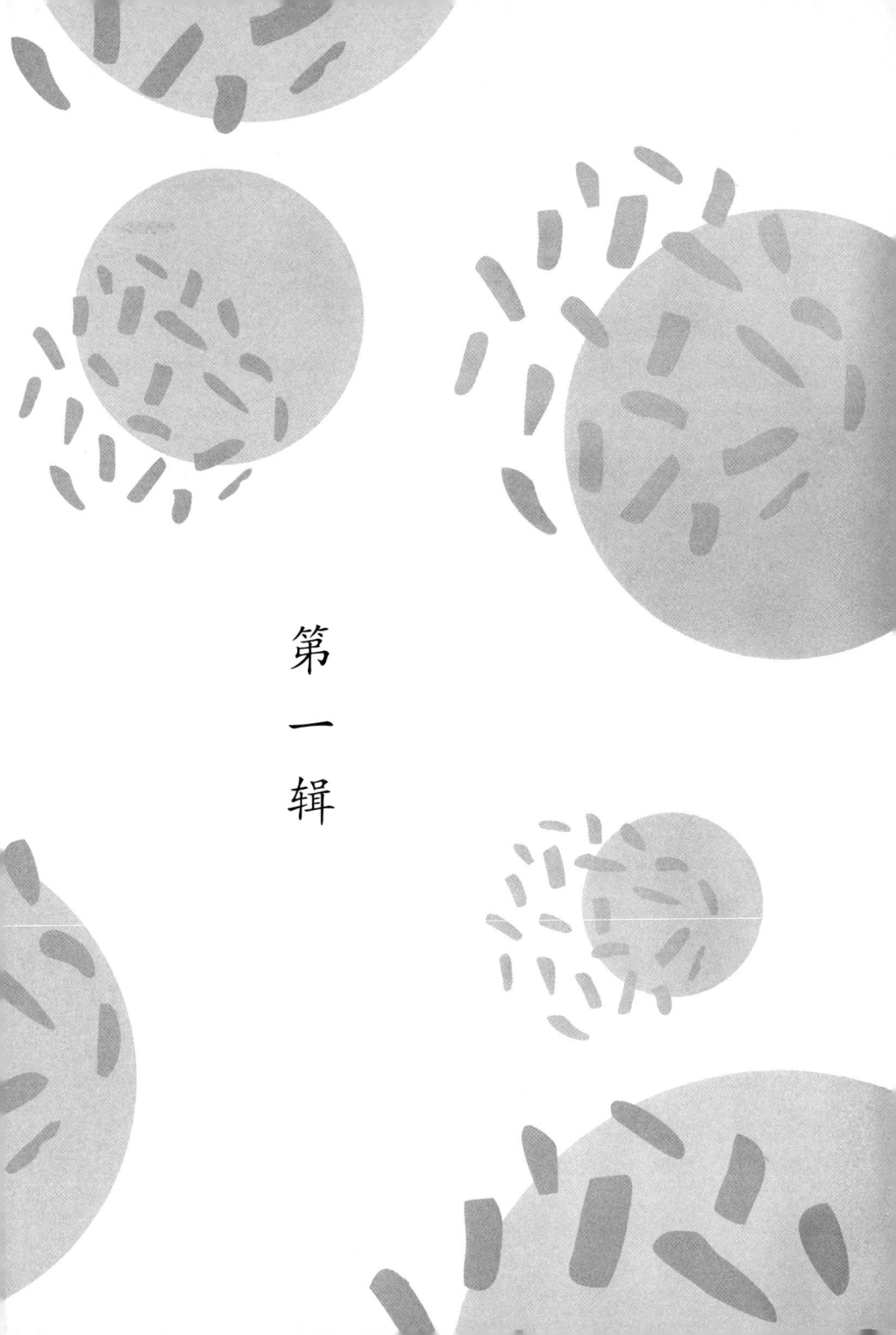

第一辑

哦！十五岁的哈丽黛哟……

一

我终于盼到了工间休息。

没想到竟然这样晦气——生平头一遭握起坎土曼把子,还没抡它两小时呢,手掌上就已经挤满了血泡,疼痛通过我那早已麻木了的双臂直传到心房。我不想在第一个上午就给这些农民硬汉留下个懦夫的印象,趁着工间休息,躲着我在村里结识的第一个朋友——房东家的儿子达吾提,悄悄溜下前边不远处的老坎,来到水塘边上,想在这里独自静静地待一会儿。

水塘边上寂静无人。早春的太阳斜挂在东边的天空,泛着绿光的水塘,像一块明净的镜面,十分安详地映照着高深莫测的苍穹。水塘对面是一片静静地欣赏着自己的柔嫩身姿的小柳树林。柳林深处掩映着一排土屋,从那里时不时传来阵阵鸡鸭的鸣叫声,与从老坎上边隐约传来的歇工的人们的嬉笑声混在一起,在这恬静的水塘上空悠悠颤荡。

我再次看看四下里,确实没有人影,这才选定一处被深深的草丛隐蔽着的小湾坐下来,颓然摊开双手,默默地望着那一个个鲜红柔嫩的血泡出神，心里却不住地责备自己："唉，你呀你，怎么就这样不争气呢？瞧人家达吾提，和你一道抡了半天坎土曼，连口大气都不喘……"

忽然，一道涟漪轻轻荡来，悄然无声地消失在水塘边上，那一丛丛翠绿的水草，却乐悠悠地晃着脑袋。于是，一道道涟漪手挽着手匆匆接踵赶来……

当然，我的感官准确无误地告诉我，此刻没有一丝风动，根本没有。可是，是谁搅动了宁静的水面？我疑惑地抬起头来。然而，就在这一刹那，我愣住了——

"你好。"水塘对面有一个姑娘正在洗手呢，她腼腆地向我问好。

"您好。"我不知这位姑娘是什么时候出现在水塘边上的，也不知是否看见了我手心上的血泡……我顿时慌乱起来，匆忙把手伸进水里，装出一副和她一样正在洗手的样子。从我手下激起的水波迅速向塘心荡去，与从彼岸荡来的涟漪交织在一起……

稍许，我才恍然大悟——她隔着水塘哪能看见我手心呢。于是，为了掩饰自己刚才一时的慌乱，这才讷讷地问道：

"您是……您怎么会一个人在那片小树林里呢？"

"是吗？因为这片小树林是我的呗。"

说罢，姑娘咯咯爽笑起来。也许，她是在笑我方才那窘态吧。然而，不知怎的，那笑声好似一股叮叮咚咚的山泉，向我心头淙淙流来……

"您不就是昨天才到我们村来的知识青年吗？对了，您的名字叫什么来着？吐尔逊江，是吧？"

"您怎么会知道我的名字呢？"

我当时一定是露出了惊讶的笑容——我从来没有想到天下还会有一个姑娘竟然主动打听我的名字。可是眼下这位姑娘何止是打听了呢，分明……然而，还没容得我想下去，一股热浪莫名其妙地涌上心头，彻底打乱了我的思绪。

"这个嘛……"

我只见姑娘快活地闪动着一双乌黑发亮的大眼，正想说什么，可是忽然打住话题，蹙起眉头望着我背后的方向缄默不语了。

"哦，我们的哈丽黛原来长大了嘛。啊，居然懂得和小伙子们调情了呢。"这时，从我背后响起了粗鲁的话音。

"嗨，该死的……"

哈丽黛脸上立刻泛起一抹红晕，她站起身来，像一缕轻风飘进了柳树林。我这才发现，她的体态原来是这样的优雅、匀称，简直就像迎风婆娑的柳枝。我出神地望着她那消失在茂密的小柳树林里的背影，不知怎的，一股怅然若失的感情油然升上我的心头。

"哦，我的朋友，你怎么看着那只'小母鸡'的背影发呆呢？"

忽然，一只硬邦邦的大手落在我的肩上，我这才想起方才轰走哈丽黛的那个粗嗓门来。霎时，一股无名怒火升上心头，我恶狠狠地扭头一看，原来竟是达吾提！他还冲我挤挤眼笑呢！我恼怒地瞪了他一眼，愤愤然离开了塘边……

二

从那天起，一直有两天我都没怎么好好搭理达吾提。不过，我一进村就被队长安置住在他家，一日三餐又与他在同一个餐桌上，一起吃着他妈为我们备下的饭菜，这实在是让人太别扭了。我也觉得应该与他重归于好，可是一想起那天在塘边的情景，便又窝起火来。直到后来想起临别时爸爸对我的嘱咐，我才感到这也许就是他千叮咛万嘱咐，要我克服的那个讨厌的继续在我身上作祟的孩子气吧。我如今已是个堂堂正正的男子汉了，怎么有脸还像个孩子似的动不动就要赌气呢。于是，我主动与达吾提和解了。确切地说，不过就是我愿意高高兴兴地回答他的问话罢了。因为这两天他根本没有把我的赌气当回事儿，成天总是乐呵呵的，也不知世界上哪有那么多使他快乐的事儿。

然而，从那天下午起，我们就转到远离水塘的大田修渠去了，因此再没有见着那个美丽的哈丽黛。不知怎的，她那柳枝般苗条的身姿总是在我眼前摆来摆去，甚至在我心头勾起一阵莫名其妙的怅惘，搅得我心绪烦乱。每当这时，我总在心里暗暗生起达吾提的气来。

这天早晨，我和达吾提一同上工。正当我们说笑着走出村口时，我忽然看见哈丽黛正走过水塘上游的木桥，朝那片小柳树林走去。她的步履竟是那样的轻盈。今天她换了件白底素花紧身连衣裙，把她那丰满匀称的身姿衬托得更加美丽了。一种甜丝丝的感觉顿时涌上我心头。我按捺不住满心的喜悦，连忙停下步来拽过达吾提说道：

"你瞧，多么美丽的姑娘啊！"

达吾提停住了。他把肩上的坎土曼放下来，双手握住把端，略略俯下身子，眯缝起眼望着哈丽黛的背影，似乎很是认真地端详了一番，忽然冲着我狡黠地笑了：

"是吗？你的发现还真不坏呢。那天她给你说了些什么？我是说……她居然如此神速地赢得了我的朋友的心嘛，啊？"

"凭她的美赢得了我的心，怎么样？"

唉，要不是我住在你家，要不是往后还要在你家搭伙……尽管我极力克制着自己，可是你瞧，说出口来的话语仍像河滩里的石头——硬邦邦的。

"哦，朋友，我明白了。不过，你知道吗？她可还是个不满十五岁的小姑娘呢。"

"瞎说，你这纯粹是在骗我。"

瞧吧，就凭哈丽黛那迷人的苗条身姿，谁又肯相信他说的鬼话呢。八成是他自己有心，而哈丽黛对他无意，所以那天一见她对我是那样的友好，便出于卑鄙的嫉妒心理，在这里花言巧语地耍弄起鬼花招来了。不然，那天从他嘴里怎么就能冒出那些粗话来呢。

"唉，我说你真是个脑筋不会打转儿的朋友。"达吾提干脆俯下身来，用坎土曼把端顶住胸口，望着哈丽黛的背影摇了摇头叹息道，"就凭她这副模样，鬼才相信她不满十五岁。可是你见过咱那帕夏汗大婶吗？她见了你一定也会这样说：'我那哈丽黛呀，今年还不满十五岁呢！'你知道吗，村里人听她这样说起哈丽黛的年龄，已经不止一年了。所以我那天才故意逗她'长大了'呢。"

"可是，你为什么骂她是'小母鸡'？"

达吾提这番话着实使我心里不免有了几分惭愧。然而，我忽然想起他那天对她的蔑称，不知怎的当下又觉得无法容忍了。

达吾提一听，哈哈大笑着拍了一下我的肩膀："走吧朋友，别为了瞄姑娘的背影误了工。好了，你用不着对我翻白眼。你自己想想看，骂一个漂亮的姑娘是件多么令人伤心的事儿呀，何况我又哪能骂得出口呢。可是瞧你，进村还没两天呢，就袒护起人家的闺女来了。得了，告诉你吧，那'小母鸡'呀，并不是骂人的话，是村里的小伙儿们背地里给她起的雅号。你知道吗，去年她在鸡鸭场搞人工孵卵，一次就孵出三百只小鸡来。从此，这个雅号便在小伙儿们中间叫开啦。怎么样，这下你该乐了吧？嘻嘻，真有意思……"

我肩头刚才落下他巴掌的地方还火辣辣地痛着。我不知他的手本来就这般重呢，还是故意狠劲地拍。不过从他的眼神看来，似乎并不像存心这样做的。也许是我多心？算了，暂且不去理会这个。"噢，既然这样……那么……可是难道村里就没有一个小伙儿追求过她吗？"

"有呀，这怎么能没有呢。比如说，我就很想试试。可惜她太傲慢了，尽管我和村里的小伙子们努力去取得她的欢心——可她从来都不肯给我们好脸色瞧。不过，如果我没看错的话，如今倒是有一位小伙子能征服她的心。"

"谁？"我忽然不由自主地紧张起来。

"你。"达吾提朝我诡谲地挤了挤眼，笑道，"帕夏汗大婶孤寡无依，就指望着这么个女儿过日子呢。当然你是个有文化的人，也许会有出人头地的那么一天，所以呀，只有你配做她老人家理想中的女婿。"

嗨，看来对于这个达吾提，生任何气都是毫无意义的了……

中午，收工回来，没想到在村口与哈丽黛打了个照面。"您好。"她望着我浅浅地一笑。我的心立刻怦怦乱跳起来。我也彬彬有礼地向她问好。然而，想不到达吾提又粗里粗气地冒出一句话来："喂，哈丽黛，你瞧我们这位小伙儿怎么样？"

"嗨，该死的……"

她的脸颊立刻泛起了一抹红晕，她慌乱地埋下头去，匆匆走远了……

三

傍晚，我和达吾提争起扁担来。可不是吗，我已经来了几天了，我的阿衣夏木汗大妈和达吾提却不肯让我去挑水。要知道我又不是到他们家来做客的，一个堂堂正正的小伙子怎么好意思什么家务也不沾边，只管张口吃饭呢。然而，我眼下的努力又落空了。

"孩子，我可知道抢坎土曼是什么滋味儿。你过去没沾过农活的边就一声不吭地干了下来，这我就喜欢死你了。挑水的事儿达吾提自己就能对付。"

瞧，阿依夏木汗大妈就是这么说的。这话能让我服气吗？

"达吾提不也是和我一道在地里劳累了一天吗？"

"瞧你说的，达吾提从小就摔打惯了。你还是歇会儿吧，孩子。"

阿依夏木汗大妈并不认为我的道理能说服她。有什么办法呢？我只好坐在阳台上，静静地听着达吾提肩上的水桶一路撒下轻快的吱扭声渐渐远去。可是，忽然不知怎的响声又转了回来。我困惑地望着大门，只见达吾提的脸在半掩的门缝里闪了一下，示意我出去。我莫名其妙地来到门外，达吾提已经走远了。他回过头来向我晃了一下脑袋，示意我快跟上，便继续朝村外匆匆赶去。

我几乎是到了村口才赶上他的。他把扁担往我肩上一搁，粗声粗气地说："喏，你不是嚷嚷着要去挑水吗？你就去从泉头挑到这里来吧，我在这里等你。"

我怔住了——这不明明是在欺负人吗？难道你不这般粗暴无礼，我就不知道吃了你家现成饭，起码应当挑担水吗？我着实有点生气了。想到今后的漫长日子，甚至隐隐觉得自己无法在这样一个人家里生活下去了。尽管大妈心地善良，可这达吾提要是总让人受这般窝囊气，哪能受得了呢。看来还是有必要让队长趁早给我另调一家去住……然而，这个念头在我脑海里只是一闪而过，当下终于忍住了这口气，挑起担子向村外走去。

村外那个弯弯曲曲的老坎下面，有着许许多多细小的泉眼。它们无声无息地溢渗出来，泉水汇集在一起静静地钻过木桥，流进不远的水塘里，宛若一只不知困倦的蓝色眼睛，默默地凝视着晶莹的蓝天。就在木桥上方的一个小湾下，有一眼偌大的自喷泉，村里人就是打这里取水的。我自顾生着闷气走向泉边。这口泉恰好隐身在老坎下边，从村口出来是看不见它的。因此，当我郁郁不乐地来到坎沿时，竟有那么一小会儿，我简直是傻愣在那里了——瞧，哈丽黛正在弯腰汲水呢！她灵巧地提着水桶在清澈透底的泉面上晃了一晃，扑通下去汲满水提了上来。她那倒映在泉水里的身影，随着汩汩喷涌的水，欢快地颤动着。她直起身子，望了望自己在水中的倒影，这一切似乎立刻使她陶醉了——只见她一手挽住扁担,倾身向泉水静静地注视了一会儿,这才满意地笑了笑,重新弯下腰去,把扁担搁在肩上准备起身了。

"咳!咳!"

我忽然省悟到,聚拢在心头的愁云不知何时早已消散。此刻,自尊心警告我不能让她看到自己这副失魂落魄的模样。于是,我顿时煞有介事地干咳了一声,故作从容地走下老坎。这一切当然都是在短短的一刹那间发生的。哈丽黛闻声机警地抬起头,一看是我,便放下扁担嫣然笑了。

"您也打水?"

"怎么,难道您觉得稀罕吗?"

"不,我是说……达吾提也真是的,他怎么好意思让您这个新来村里的客人打水呢?"

"不,不,这您可不能错怪了他,是我自己执意要来的。"我不知自己为什么忽然间要撒谎。

"是吗?"

我努力点了点头。"我看见您来挑水,就把他肩上的扁担抢过来了。"

我清清楚楚地看见,一抹红云,立刻浮上了她的双颊。她先是猛然用双手捂住了脸,然后慌乱地埋下头,担起水桶急匆匆地走了。我怅然望着她消失在老坎上的背影,轻轻地叹息着,甚至为自己最后那句不无冒失的话感到后悔……

我终于懒洋洋地打上两桶水,颤颤悠悠地走上老坎。直到这时,我才感到浑身竟是这样的困乏——双臂简直就不是自己的——木木然毫无知觉。掌心好似捏着两把炭火，火辣辣地烧痛。其实老坎离村口并不远，我却觉得自己好像经过长途跋涉，终于走完了一趟艰难的旅程，好不容易来到村口。

"怎么样，我的勇士？"

达吾提忽然大声嚷嚷着从村口那片小白杨林里蹿了出来，得意地望着我。嗨，你瞧吧，还有什么值得他这样开心的事？

"什么怎么样？"

"我说你征服她了吗？"他狡黠地望着我。

真没趣。我扫兴地摇了摇头。

"不对，你放下水桶说说到底是怎么回事。"

说着，达吾提就从我肩上把扁担举起来放到了地上。唉，这个讨厌鬼。我没好气地三言两语把刚才的经过给他讲了一遍。他听着听着两眼忽然闪射出兴奋的光芒，在我肩上重重地拍了一掌：

"我说的么，她刚才进村时只顾着笑，连我这么个大活人都没瞅见呢。成了成了，不然这事随便搁在我和村里的哪个小伙子身上，非要挨她一顿痛骂不可的。啊哈，看来我的这一招还不赖嘛。可惜没能早几天。这下妥了，我今后就让你们俩每天傍晚在泉头相见。哈哈哈……"

啊，事情原来是这样的，可我怎么就把人家的一片善心猜度得那般坏呢？我摸着被达吾提拍得生疼的肩膀，心中感到万分愧疚。我知道此刻我的双颊一定烧得绯红。然而达吾提却没有注意到我的脸色，只顾沉浸在自身的欢乐之中……

待到我们把水挑回家时,阿依夏木汗大妈早已把捞面下了锅,却没有凉水过面,正急得在锅台旁团团转呢。

"哎哟哟,我的宝贝们哟,你们怎么挑担水比走趟麦加还慢呀?快点,快点,我的捞面都要熬成粥了!"

"妈,可不是吗,这担水我们就是打麦加挑来的呀。"

达吾提向我诡谲地眨了眨眼。

阿依夏木汗大妈一边在锅台上忙碌着,一边絮絮叨叨地埋怨着儿子:"唉,瞧吧,要是这个捣蛋鬼早点挑来,我下的面捞上来准能像头发丝那般又细又有嚼劲。可是你瞧,唉……孩子,万莫笑话我做饭的手艺没你亲娘高明哟。唉,可也是,谁让我糊里糊涂地这么早就把面下了锅呢……"

四

"走吧朋友,咱俩去挑趟水。"

第二天傍晚,达吾提挑起水桶望着我神秘地笑道。也许因为达吾提的话正中下怀的缘故吧,他今天的眼神和笑容在我看来忽然变得那样的可亲可爱。然而我那亲爱的阿依夏木汗大妈一听这话便把达吾提训斥了一通:"你倒真好意思呀,唉?哪有叫客人去挑水的……"

"妈,您放心好了,我绝对不会让您的客人沾水桶的边。谁叫他是我的好朋友呢,我只是想在挑水的路上和他聊聊罢了。"

我万万没有想到像他这么个大小伙,还有给妈妈撒娇的这等好本事呢!当然,此刻也只有我心里明白这一切都是为了什么。

"噢，你们俩成天形影不离，还有什么说不完的话呀？"

"妈妈……"达吾提已经是在央求了。

"好吧，好吧，可别误了我做饭。唉唉，怕是再过两天，你们俩的肚脐都要连到一起去了！"

……

当我们兴冲冲地来到村口时，哈丽黛正好向老坎下走去，那紫红色的晚霞衬托着她那美丽的身姿，活像一朵亭亭玉立的红玫瑰。我几乎是从达吾提的肩上抢过扁担赶到泉头的。

哈丽黛已经汲满了两桶水放在泉头，正在泉水涌流出来的溢口洗脸。她见我挑担下来，仰起滚着晶莹水珠的面庞，温柔地笑了："我知道你一定会来的。"

这一句话对我来说是多么的珍贵呀。我至今闭起眼来都能清晰地记起她当时那般甜蜜的音容笑貌来。我当下立刻放下水桶，就在她对面的草坪上坐了下来。四周静悄悄的，唯有泉眼里的水，在带着大地心底的羡叹汩汩喷涌。层层涟漪却在悄无声息地用它柔软洁净的手掌，轻轻抚摸着哈丽黛那被渐渐暗淡下去的晚霞倒映在水面上的模糊身影……

暮霭正在静悄悄地朝水塘那边的小柳树林梢垂来。第一只青蛙已在水塘那边呱呱叫了两声，于是，忽然间所有的青蛙都兴致勃勃地唱起了夜的序歌。啊，多么美好的大自然。我忽然觉得，其实自己在冥冥中早就意识到会有这样美好的一刻的来临。然而，当这一刻当真降临在我的面前时，自己却觉得它来得这样突然，以至于不知如何是好了。喏，此刻，我默默地凝视着她的眼睛。我从她那温存的眸子里，看到了一颗扑扑跳动的心，看到了我的希望，看到了我的幸福……然而，我只是默默地望着……也许，在这样的时刻，任何言词都会显得多余。

"您以后每天都要来挑水吗？"

还是哈丽黛先打破了沉默。她笑着，双颊依旧浮起一抹淡淡的红晕，一双乌黑的大眼睛忽闪着，正以期待的目光望着我。

"嗯，要来的，当然要来的，我宁愿天天和您坐在这里。"

我努力点了点头。是的，我当然要来的。这里有明净的清泉，瑰丽的晚霞，还有可爱的哈丽黛，和她那深情的眼睛。我当然要来……

哈丽黛羞涩地埋下头去，然而笑了……

"啊哈，你们俩躲在这儿探听泉水心底的秘密吗？"

就在这时，一个俊俏的少妇调皮地挤着眼睛走下老坎来。哈丽黛立刻慌乱起来，"我该走了。"她对我悄声说了一句，便过去挑起了水桶。"是啊，古丽江姐，探听秘密您可是行家里手，我不懂泉底还会有什么秘密，劳驾您探明以后可别忘了告诉我一声。"她话音未落，人却已经飘然走上了老坎。我若有所失地目送着她那渐渐隐去的背影……

从此，连着两天我总和那位少妇在泉头相遇，却不见哈丽黛美丽的身姿。为此，我以种种猜测使自己难过，又找出种种理由安慰自己。每一天从黎明起就要急切地盼望傍晚的降临，而那一天的时间又使我觉得分外漫长。然而，当我好不容易盼到傍晚，等候着我的却是失望。于是，我只好独自一人在那块绿色的草坪上茫然坐上一会儿，便与清泉、草坪依依惜别……

第三天傍晚,我悄悄提前来到了泉头,然而仍不见哈丽黛的身影。我汲满了两桶水搁在泉头,怅然坐在泉边那块草坪上,默默望着不停喷涌的水花出神。"啊,果然是真的!"忽然,一个苍老女人沙哑的声音从背后响了起来。我莫名其妙地抬起头来,只见一个五十来岁的老妇人正走下老坎。我进村以来还从未见过这位老妇人,可是我从她肩挑的扁担和水桶,立刻认出了这就是我早已听说过的哈丽黛的妈妈——帕夏汗大婶。只见她脸上的每一道皱纹里都升腾着阴郁的云翳,两只老眼里闪射着异样的寒光。我本能地感觉到情形有点不妙,便匆忙起身向水桶走去。然而,帕夏汗大婶却已赶到了我的面前。

"喂,傻小子,你待在泉头愣盼着谁呀?"

"我?……不等谁。嗯……只觉得这泉水怪好玩的——往外汩汩冒个不停。我们城里可是见不到这样好玩的泉水……对了,您是要我帮忙打水吗?不用?那我就走了……"

我慌乱了,也不知自己说了些什么,挑起水桶正准备逃离,却被帕夏汗大婶喝住了。"你给我站住!"她恶狠狠地望着我,从牙缝里说道,"告诉你傻小子,往后少来勾引我女儿!你知道吗,我女儿今年才刚刚满十五岁。就是当真有朝一日要出嫁,我也绝不会让她嫁给像你这样一个流浪汉。你以为你是个知识青年,了不起,是吗?你连一间栖身的窝棚都没有,就打起我女儿的主意来了呢。哼,没那么好的事儿,少做你那蘸着天鹅肉汤泡馕吃的美梦吧。我的女儿只配嫁给那些城里的干部、工人什么的。嫁不到城里,那我宁肯让她守在家里,也绝不嫁给你……"

就在这时,那位少妇又笑嘻嘻地走下老坎来。于是,帕夏汗大婶指着我的鼻子喝道:"滚,快从我眼前滚开!哼,多嘴婆子……"说完睬也不睬那位笑盈盈向她走来的少妇,自顾弯着腰汲水了。

一切我都明白了。对这样一个蛮横无理的妇道人家,我又能说些什么呢?我只是狠狠瞪了一眼那位悠然自得的少妇,挑起水桶狠狈地走上老坎。我的心里却愤愤不平:"哼,你走着瞧吧,帕夏汗大婶,总有一天我会让您亲口说着'噢,我的吐尔逊江孩子'来找我的!"

两天以后,我在通往大队供销社的路上遇见了哈丽黛。我并不想拿她母亲的粗暴无礼来挖苦她,使她难过,只是关切地问她这几天怎么没去挑水。她的脸颊顿时变得通红,默默埋下头去。沉吟良久,她才嗫嚅地说:"……请您……原谅,我……还有点小事……"于是,艰难地迈开细碎而蹒跚的步履,缓缓地离去了。我痛楚地叫了两声,她却没有回头……

从此,我再也没见她去挑水了。她白天总是躲在鸡鸭场里,晚上从不出门。几次和我相遇,老远就躲开了。我渐渐恨起她来,决心再也不理睬她了,有时甚至还要在心里愤愤骂上几句:"哼,人家叫她'小母鸡'!那算得了什么。我要叫你'老母鸡'哩!"然而在这样一个小村里,人们总是低头不见抬头见,我们俩常常要邂逅。每当这时,我就要竭力克制住自己不去看她;而她却总是胆怯地埋下头去,脸色变得苍白,悄无声息地从我身边匆匆走过。有一次我们正好在那座通往水塘的木桥上相遇,俩人几乎是在桥上擦身而过。过了桥后我禁不住回过头来想偷眼看看她的背影,谁知她也恰恰在桥那边停下来,正默默地望着我呢。显然,她也没有料到我会在此刻回头看她,顿时显得那样慌乱——几乎是惊慌失措地扭过头去,飞快地跑进了小柳树林……

五

时间一晃就过去五六年(我离开农村也快三载了),如今我即将大学毕业。这么说吧,我是乘暑假回家之机,于当天下午赶到我曾经生活过的第二故乡来的。我亲爱的阿依夏木汗大妈见到我时的那股高兴劲就甭提了。然而她老人家一听我说明早就要匆忙赶回城里,便禁不住难过起来,非要留我多住几天不可。可我的假期眼看就要结束了,我在这里多住一天就意味着迟到。我向达吾提求援,不料我的朋友这次却坚决站在他母亲这一边。显然,问题变得复杂起来。可也是,他们的盛情我怎么好推却呢,何况我这还是离开后第一次回来……我忽然记起了达吾提的绝招,于是,当下我也娇声娇气地央求起我亲爱的阿依夏木汗大妈来——请求她老人家允许我明天返回。我甚至向她老人家起誓,以后年年都会来看她的。我现在才明白了母亲的心肠原来是这样的慈善——大妈竟经不住我三求两求就软下口来了。于是,我们就围着餐桌兴致勃勃地谈起了自己的各种趣闻轶事。

不知怎么一来,我们的话题转到了哈丽黛身上。也许是因为阿依夏木汗大妈刚刚十分快活地提起当年我和达吾提一块去挑水就是老半天,害得她老人家下在锅里的面都没法捞的那段往事而引起的吧!反正确切的起因我已记不起来了。但是提起她的名字,我的脸颊却忽然怪不自在地烧了起来，也不知自己是在为此感到羞惭还是厌恶。我几次想把话题巧妙地从她身上引开，然而在我心底却又忽然出现了一个顽强的声音："不要打岔，听听她的命运如何，我很想知道！"我甚至觉得，就在我心底发出呼唤的地方，正在轻轻荡起甜蜜的波澜……

"她呀，如今还是十五岁呢。"是的，达吾提就是以这样的口吻谈起哈丽黛的。"真的，咱那帕夏汗大婶不管见了谁还是那么一句老话：'我的哈丽黛呀，刚刚才满十五岁呢！'可是和她一拨儿大的姑娘们早就一个个出嫁走光啦，有的都已经做了孩子他娘，你道是好笑不好笑？……"

达吾提并没有注意到我亲爱的阿依夏木汗大妈早已缄口不语，而且脸色也沉了下来，却只顾以极其刻薄的口吻兴致勃勃地向我叙说着哈丽黛的近况。我知道此刻达吾提完全是为了使我内心得到某种满足，才这样奚落着哈丽黛。然而，不知怎的，一种莫名其妙的预感正驱使着我时而望望大妈的脸色，时而望望谈兴正浓的达吾提，心里有点忐忑。

"孩子，姑娘家总是弱者，你可不能这般损人啊！"

阿依夏木汗大妈终于厉声打断了儿子的话。这是我这些年第一次看到慈祥的大妈也有这样声色俱厉的时候。达吾提惊奇地打住话题朝我吐了吐舌头。阿依夏木汗大妈顿了顿，重新披好头巾，脸色渐渐变得温和了。"孩子，"大妈这次是对我说话了，"孩子，过去我对哈丽黛这闺女的看法比谁都坏，我觉得她是那号'攀不上穿新靴的，看不上拖旧靴的'姑娘。可是，自从那次，我对她的看法完全变过来了。

有时我想起来还为自己过去错怪了她而难过……"

大妈又一次顿住了。我和达吾提面面相觑。我看得出她老人家一定是在极力克制着蕴藏于心底深处的冲动。餐桌上出现了短暂的沉静。稍许,大妈方才深沉地向我叙说起来:

"这还是那年秋天你上大学离开村子的当天夜里的事儿了。达吾提当时吃罢晚饭像往常一样到街口那儿听人家聊天去了。院里就留下我一人。我坐在阳台上乘凉,忽然有一个人影在大门口出现了。你是知道的,咱家的灯从来都是搁在窗台上的,虽说能够照亮葡萄架下,但大门口那边仍显得有些昏暗。我自己又刚好坐在亮处,所以一时没看清是谁。'谁呀?'我说,'请屋里坐。'可是那人不吭不响地立在那里。这下我纳闷了,便起身走了过去。'是我,大妈。'那人这才在黑暗中怯生生地应了一声。我听得出是个姑娘的声音,但没辨出是谁家的闺女。待我走到近前一看,竟是哈丽黛!我请她进屋里坐,她却硬是不肯。唉,这个可怜的孩子……我知道她是个从不轻易走家串门的姑娘,准是有什么事才登门的。我就问她:'闺女,是不是你娘有什么要事差你来找我?'她却摇了摇头,顿了一会儿,才好不容易开口说:'大妈……吐尔逊江……我……我是想和他告别一下……''哎呀!我的好闺女,他今天下午就进城了。'谁知我这么一说,那姑娘先是一怔,随后一下扑过来搂住了我的脖子,失声哭了起来。霎时,热乎乎的泪水打湿了我的肩头。少顷,她忽然推开了我,疾步跑出了黑洞洞的大门……唉,可怜的姑娘。从那以后,她娘再也不让她挑水了,总是自己拖着一把老骨头上泉头去……"

看来随着岁月的流逝，一切记忆都会变得淡漠的。哈丽黛留在我记忆中的印象正是这样。然而，我亲爱的阿依夏木汗大妈的这段故事，却勾起了我对她的强烈眷恋——我记起了她那美丽的身姿、含羞的笑容，甚至清晰地想象出她那挥洒在大娘肩头的串串泪珠，和啜泣着隐没在漆黑的门洞外边的身影……我恨不得即刻就能见到哈丽黛！然而，遗憾的是，这一天她恰恰上县城买鸡瘟疫苗去了。

傍晚，我特地和达吾提一道来到泉头挑水。这里的一切依然如故——泉水仍旧带着大地心底的羡叹汨汨喷涌。那块绿茵茵的草坪活像一块绿色的地毯把泉边点缀得格外美丽。而木桥那边的水塘还是和过去一样，一江绿水默默映照着高深莫测的天空。唯有那片昔日的小柳树，如今一棵棵长得枝繁叶茂，在水塘彼岸好像立起了一堵巨大的绿色屏障。只是这阵儿看不见哈丽黛的身影闪现。我和达吾提汲满了水，把水桶搁在泉头，便坐在草坪上。望着周围的一切，我心中升起了一股无限的惆怅……

正在这时，一位瘦弱佝偻的老妇人挑着水桶走下老坎来。我一眼就认出了她。那老妇人吃力地汲满两桶水，抱着扁担直喘气，暗淡无神的目光却朝我扫了过来。"喂，达吾提，你身旁是谁呀？"她喉咙里充满了呲儿呲儿的哮喘声，那副本来就沙哑的嗓门已经越发暗哑了。但是还没等达吾提介绍，她就认出了我。"哎哟，瞧这不是吐尔逊江嘛！孩子你可是什么时候回来的？已经大学毕业了吧？没有？不过还算你有良心，没有忘记乡亲们。那年你可是连一声告别的话都没有留下就悄悄溜走了呢。这下可好了，无论如何得到我们家去做客。不要老是把你的阿依夏木汗大妈搁在心头，把我们当作外人来看待。听到了吗，达吾提？你可要把你的朋友带到我家去……"

我说不出心里是什么滋味儿。刚才激起的对哈丽黛的留恋之情忽然间烟消云散了，代之而起的是一种莫名其妙的冷酷和嘲弄。我甚至想亲眼看看她那刚满十五岁的姑娘如今是个啥模样。然而这是不可能的，明天一早我就得赶回城去……

六

我已经是个有家有业的人了。我时常还对爱人说起我曾经生活过的第二故乡，和我那慈祥善良的阿依夏木汗大妈。是的，那年我还向她老人家起誓年年要去看她呢。可是，怎料到工作和生活就像两根绳子，牢牢缚住了我的手脚，竟使我丝毫动弹不得。如今达吾提朋友来信说他也成了家，我亲爱的大妈早已欢欢喜喜抱上了孙子。我觉得再不去看看他们，实在不近人情。很久以来这事一直使我内疚不安。想不到这次我们两口子双双要求提前探亲的申请都顺利获准了。我们终于从遥远的乌鲁木齐启程前往想念已久的家乡。

当我们在村口的公路上下车时，我不禁感到惊讶，生活确实给这里带来了巨大的变化。然而，我却执意寻找着我所熟识的当年的痕迹。瞧吧，在眼前这片密密丛丛挤在道路两旁、昂然伸向天际的白杨林中，就有我亲手栽下的幼苗。它们仿佛在柔声絮语地欢迎我这个久别的亲人，阵阵微风过处，撒下树叶欢快的簌簌声。而我曾经挥洒过汗水的广袤田野，向我敞开了宽广的怀抱，好像恨不得要立刻把我贴在自己绿色的胸前，热烈地亲吻着我的足迹。一只百灵鸟在近处的某一家花园里婉转歌唱，一只杜鹃在村外的田野上声声啼鸣……

我深深地吸了几口乡村的清新空气，带着爱人向村里走去，被浓荫覆盖着的街道两旁，露出一扇扇幽静的院落大门。偶或有三三两两的人们在聊天，他们先是用诧异的目光打量着我们——我离开这里毕竟有不少年头了嘛，当然让人看着眼生啰。然而，感谢可爱的乡亲们，看来我并没有被他们忘却。他们马上都认出我来，纷纷上前热情地邀请我们进屋做客。可是我执意要先去见我那亲爱的大妈，乡亲们挽留不住，于是无论如何要我们临走前到他们各家做客。

从进村口以来，这儿停停那儿站站，已经过去了不少时光。我爱人被这一切深深感动了。她说她万万没有想到在这样一个偏僻乡村里，人们居然还会如此诚挚而热情地欢迎一位在这里仅仅生活过几年的异乡青年。其实我也被这一切深深感动着，一时很难向她解释什么，只顾忙于回敬人们的热情问候。

前边就是我所熟悉的小十字街口了。我和达吾提曾经每晚吃罢饭都要在这儿坐上一会儿的。此刻一群少女正围拢在那里，传来阵阵清脆悦耳的笑声。然而当我们一走过去，她们便止住笑声用好奇的眼光望着我们。她们当中似乎没有一个我认得的。不过这也难怪，我那会儿认识的少女们这阵儿早该出嫁走光了呢。这群少女当时一定都还是些小姑娘，女大十八变，我哪能认得出来呢。然而，正当我带着爱人从她们身边走过时，忽然传来了一个兴奋的喊声：

"吐尔逊江！"

我和爱人惊奇地收住了脚步。我把这群少女重新认真打量了一番，仍然没有从中发现一张熟悉的面孔。这可就奇怪了，难道她们中间还有谁记得我吗？抑或是我听错了声音？可是难道连我爱人也听错了吗？

"果真是您，您好！"

正在这时，忽然从少女群中走出一位妇女。她身材枯瘦，穿着一件鲜艳的连衣裙，简直就像挂在衣架上一样。黧黑的脸庞上皮肉显得松弛，嘴角眼尾都布满了皱纹。看上去很难断定她到底是几个孩子的母亲。我和我爱人都感到愕然，面面相觑——我不知自己刚才怎么就没有发现，在少女们中间还掺杂着这个妇女。尽管我极力搜寻着自己的记忆，却怎么也没能想起她到底是谁。

"怎么，难道您不认识我啦？"

唉，我这该死的记性，人家明明记着你，而你却把人家忘了个一干二净。这可是一件多么令人难堪的事呀！我只好横了横心，问道："对不起，请问您是……"

"我？我……我不就是哈丽黛嘛！"

啊！难道是她？我浑身猛然一震，禁不住轻轻摇起头来。我简直不敢相信自己的眼睛——自然的法则难道当真这般无情吗？你瞧，往昔还是一朵喷芳吐艳的红玫瑰，如今却只剩下凋零的枯枝……

"这位是……您好！"哈丽黛忽然记起了什么似的，望着我爱人歉然笑了。在她挂满笑容的脸上，顿时出现了一张纹路细密的蜘蛛网，一抹淡淡的红晕挂在蜘蛛网上。

"海丽茜姆，是我爱人。"

"哦……认识您很高兴，我衷心祝愿您永远幸福……"

哈丽黛用充满痛苦的眼神看了看我,便埋下头去。须臾,她忽然抬起头来,嘴唇嗫嚅翕动着,也许还想说些什么,然而双眼已噙满晶莹的泪花。她轻轻咬住下唇,急忙扭身匆匆离去了。还没走出几步远,她的双肩就抖动开了。随即她猛然跑了起来,还隐约传来了尖细揪人的唏嘘。不一会儿,她便消失在那边的小街口的拐弯处了……

"唉,可怜的姑娘……"这是少女们发出的轻声叹息……

我静静地伫立在那里,默默目送着哈丽黛的枯瘦背影。然而,在我眼前晃动的,却是她那忽而似一缕轻风飘进静静的小柳树林,忽而匆匆隐进晚霞映染的老坎上面,忽而轻盈走过塘上的木桥,忽而又啜泣着消失在漆黑的夜幕后面的丰满迷人的背影……哦,十五岁的哈丽黛哟,我曾经多少次默默地目送过您那美丽的背影。那时在我心中有过欢乐,有过惆怅,也有过恼恨;然而,我万万没有想到还会有这样的一天呀……

"您怎么了?"许是我的脸色变得很难看,爱人轻轻拽了拽我的袖口,小心翼翼地问,"她是谁?"

"哦,她是个美丽的姑娘。"我慢慢点了点头,望了望爱人不解的目光,"一切我都会告诉你的。"

于是,我深深吸了口气,带着爱人向大妈家走去……

遗 恨

当然，我所要讲的是从爷爷嘴里听来的故事，可他说过这是我曾祖父的亲身经历……

"孩子们，你们哪一位敢于不用枪子，而是持着短剑结果了那只黑熊呢？"主人习惯地捋了捋漂亮的八字胡，指着在离我们隐蔽的悬钩子丛约有十鬃索（一鬃索有十二庹长，一庹约五尺）远的一棵云杉下呼呼大睡的黑熊，压低了声音说："谁要能够做到，我一定重赏！"他拨开密密的悬钩子丛，吃力地扭动着胖胖的脑袋，扫视着隐蔽在身边的我们几位猎手。偏西的太阳从遮天蔽日的云杉林顶，努力射进了几缕暗淡的光线。那只黑熊的鼾声，使云杉林显得异常幽静，甚至隐隐透着某种令人胆寒的阴森森的气氛。方才我们在突然发现这只熟睡的黑熊时，猎队的几位猎手都激动地把子弹压进枪膛，只待我们的主人一声令下，便扣响扳机了事。谁知他会想出这种使人为难的点子来呢？我们几位只是面面相觑，慢慢退出枪膛里的子弹，默默望着熟睡的黑熊……

"你们听，那个蠢笨的家伙睡得多死。嗯……"大概有几颗早已熟透的鲜红细嫩的悬钩子实，受不了茎秆的摇曳，掉进了主人的领口。他把胖乎乎的右手伸进领内，企图摸出它们，许是他触摸得太狠，待他抽回手来时，手指间渗着鲜红的水汁。他笨拙地在膝下的青草上揩了揩手，这才重新发话了。"怎么，难道我的猎队里就没有一位勇士拍胸而起？哦，贾尔肯，我的好孩子，瞧你的眼神多么勇敢。是的，我知道在你的胸膛里跳动着一颗雄狮的心。除了你，我看再也没有一个男子汉敢去剥回那张熊皮了。"他用充满信任和期待的目光看着隐蔽在我身旁的那条壮汉。这是我们猎队里最勇敢的勇士，也是我亲如兄弟的朋友——由于我枪法出众，他把我看作最可信赖的伙伴，出门总是把我带在身边；而我也把他当作自己最可靠的靠山。我绝对相信在这方圆多少个阿吾勒里，没有一位与他气力相当的男子汉，更没有一位具有与他同等的胆量……贾尔肯却是双唇紧闭，目不转睛地凝望着那只熟睡的黑熊，脸色由红变紫，由紫变青，最后恢复了红润的光泽。霍地，他毅然伸出了右手："主人，请把您心爱的短剑借我一用。"

"有种，这才像我家的孩子。拿去吧，我的勇士，愿真主保佑你凯旋！"主人竭力压低嗓门，异常兴奋地说着。我们的主人就是这样，总要把我们几位（当然，除了打猎，平时我们就是主人家的卫队）亲切地称为"我的孩子"。坦率地说，我们是为此感到自豪的。贾尔肯庄重地双手接过主人的短剑，插进了右靴筒里，解下自己的佩剑插进左靴筒里，便看都没有看我们一眼，轻轻跃起身来，猫腰敏捷地向熟睡的黑熊摸去……

四周死一般的寂静。所有的云杉好像都被贾尔肯的胆量惊呆了，它们悄然无声地凝神注视着勇士的举动，生怕招来一丝风声会把睡梦中的黑熊拂醒，或者使它嗅出人和铁的气味来。云杉林里那一片片茂密的悬钩子丛，更是胆战心惊地用长满细密刺芽的枝叶扯住勇士的衣角，摇晃着缀满鲜红果实的脑袋，似乎在恳劝他不要冒这风险。然而，出膛的子弹射出的箭，是无法挽回的。我只是屏住呼吸，努力睁大了眼睛望着贾尔肯在密密的悬钩子丛里忽隐忽现的背影，心中暗暗祈祷着："主啊，主啊，助佑他吧……"主人却不时地用手捅一捅我，眼里闪着激动的光芒，窃窃地说着："这才像打猎呢……这才算享受打猎的乐趣呢……这才……这……"可是，渐渐，他那蓬蓬松松的胡子开始簌簌抖动起来……

"嗷——"

忽然，一声熊吼，彻底打破了笼罩着云杉林的寂静。有几只松鸡从附近的什么地方扑棱棱惊起，惊慌失措地飞离了这个危险的境地。霎时，熊吼声透过茂密的云杉林枝叶，向上升腾着，向四周扩展着，又撞在对面的峭壁上，拖着长长的回音折了回来。于是，回音在云杉林上滚来荡去，久久不肯平息，给这本来就神秘莫测的云杉林，蒙上了一层更加令人毛骨悚然的恐怖气氛。

我猛然把子弹压进枪膛跳起身来，正欲扑去，却被主人喝住了。"别动，你去用枪，那算不得贾尔肯的本事。"我愕然了。然而这时，贾尔肯也大吼了一声，于是传来了黑熊的撕咬声和被折断的树枝的哔剥声。我探头向下望去，只见贾尔肯和那只黑熊从那棵云杉底下滚了下去，消失在丛林密布的谷底……

许久，一切声响都停息了。云杉林里似乎挂起一层让人难以捉摸的帷幕，帷幕后面的一切显得死静死静……

"喂，孩子，你去看看。"主人这才用手哆哆嗦嗦地捅了捅我。我简直不知道自己是怎样飞离主人身边，沿着碾平的草道来到谷底的。当我终于找到贾尔肯时，他就像一只饱餐猎物后栖息着的山鹰，蹲在一棵被霹雳击焦的云杉墩上微笑着，脸上留着几道被熊爪抓伤的深深的伤口，紫红色的皮肉翻卷开来，不住地渗着血水。皮坎肩的前襟也被熊爪扯成了条条碎片，裸露着的胸膛上留着道道血痕。那只黑熊尽管五脏涂地，却还在血泊中绝望地翕动着下颚。

"噢咿——快来祝贺我们的英雄啰！"

我兴奋地狂呼一声，一下搂住了贾尔肯的脖子，狂吻着他那鲜血淋漓的粗糙脸颊。许久，主人才被两位猎手搀扶着赶到了我们身边。贾尔肯立即抖擞起精神，骄傲地迎上前去，双手捧着短剑归还了主人。

"啧啧，我的孩子，那头该死的蠢物把你抓伤啦？"主人指着贾尔肯浑身的血迹，关切地说。

"不，主人，这是我刚才抱着黑熊从山坡上滚下时，被悬钩子实染红的！"贾尔肯满不在乎地笑道。

"对！孩子，这才像我们哈萨克汉子。不是吗？'男子汉头破了有帽遮着，胳膊断了有袖藏着！'我们焦勒克（哈萨克柯宰部落的一支——焦勒博勒德部人的自称）为有你这样的勇士而感到骄傲！"主人踮起脚尖兴奋地拍着贾尔肯的肩头，而他的肚皮却先于自己十分亲热地触在贾尔肯身上。"喏，我的孩子，就把这张熊皮拿去铺在你家堂上吧。喂，孩子们，快剥下那个该死的蠢物的皮，绑到我的贾克西（贾尔肯的爱称）的马后鞦上！"

一只黑熊吼叫着向我扑来。我沉着地扣响扳机。黑熊倒了下去。它在草地上一滚，却变作一条凶神恶煞的狗向我扑来。我又扣了一下扳机，但这次它居然哑了！糟糕，一条狗又变作一群狗，从四面八方吠咬着争先恐后地向我奔来。然而，我的枪依然是哑的。啊，我这猎获过多少猛兽的好汉，眼看就要喂做狗食了……啊，啊……我好不容易翻过身来，原来是一场噩梦。然而，一片令人心神不定的狗吠声，仍在耳畔萦回。我似信非信地细细一听，阿吾勒里的确群犬猖猖，此起彼伏，并且夹杂着令人热血沸腾的召唤声：

"上马呀，焦勒博勒德的勇士们，快上马呀，阿哈拉合齐（旧时哈萨克人的千户长）的马群遭劫啦！……"

我顿时紧张起来，在黑暗中摸索着穿起衣服挎上刀枪，出门便翻身上了吊在拴马桩上过夜的坐骑。要知道那时强盗经常出没草原，所以我们猎队的人每夜都要在门前备留一匹坐骑的。当我赶到主人家帐前时，只见这里早已挤着黑压压的一大群骑士，似乎整个阿吾勒里凡能上马的男子汉都赶来了。黑暗中人声嘈杂，我什么也没能听清，谁也没能认出来，只有立刻接近帐篷才能明了。然而尽管我抽打着坐骑，它却仍旧未能用它结实的胸脯闯出一条路来。

"喂，静一静，请诸位静一静！"

有人点燃松枝大声喝道。人群立刻安静下来。

"焦勒克的光荣骑士们，一伙该受主惩罚的强盗劫走了我的马群，据说是向阿合亚孜河谷窜去的。快上马呀，焦勒克的勇士们，赶回我们的马群，要维护住我们光荣的祖宗的尊严！……"

这激动而略显慌乱的声音是主人在说话。于是，众骑士呼叫着我们部落传统的冲锋口号，纷纷拨马欲奔。然而就在这时，有人大吼了一声："等一等！"人群莫名其妙地安静下来。我睁大了眼睛，立在马鞍上想借着松明看一看这到底是谁，竟敢如此大胆地喝住即将冲锋的勇士们。啊，那个肿起的脸上有着几道血印的人，不就是贾尔肯嘛！只见他策马来到主人面前，威武地问道："主人，守夜马倌看清那伙强盗到底有多少人马？"

"哦，是你呀，我的孩子，我还以为是谁竟敢如此大胆。"主人转身问道："喂，马倌，到底是几个强盗？"

"许是有六七骑呢。"从黑暗中传来马倌低低的回答。

"主人，区区六七个强盗，用不着惊动全阿吾勒里的骑士。让他们回家歇息去吧，这六七个人让我对付好了——只要我带着奴尔阿西，在明晨就等着我们俩连人带马把那伙强盗赶回阿吾勒来！"

"有种。喂，焦勒克的骑士们，你们听见了没有？这是我们的骄傲！请诸位就像我一样地信赖我这勇敢的孩子，安心回家去睡你们的觉吧！"

……

阿合亚孜河谷口窄内宽，只要一过窄口，里面是一望无际的冬牧场，在那遥远的河谷尽头，便是翻往南疆的冰达坂。把马群赶进这条河谷，除非想翻越天山冰达坂，不然是别无出路的。我们在黎明前抄近路赶到这个窄口埋伏下来。此刻，河谷东边的山顶镶上了一层耀眼的金圈，而阳光却先落在了河谷西边的雪峰上。整个河谷依然被东边的群山投下的阴影遮掩着，显得朦朦胧胧。唯有不知疲倦的阿合亚孜河，在哗哗地唱着它那单调的歌儿。

"听，他们来了。"一直在侧耳倾听着山口方向动静的贾尔肯，忽然兴奋地触了触我，"快把坐骑牵来，到时候咱们像两只猛虎扑将出来，让这帮狂妄的歹徒瞧瞧咱们是谁！"他那昨天被黑熊抓伤的脸，现在已经肿了起来，伤口淤着黏糊糊的结疤，谁看着他这副模样都会有点害怕。

我解下两匹坐骑的绊腿，扣紧马肚带上了马背，选择了一处茂密的灌木丛隐蔽起来。这是一道直伸河岸的山嘴。河边长满了茂密的山楂、白桦、河柳、山水杨。山嘴上尽是密密麻麻的云杉。只有一条小径穿过这里，通向河谷尽头的冰达坂。不一会儿，便有两骑尖兵过来了。我当下举枪瞄准，贾尔肯却摆了摆手，要我放过他们。少顷，一匹鬃尾垂地的儿马一马当先骎骎驰来。随后有五个持枪挎刀的汉子吆赶着大队马群衔尾而至。霎时，蹄声嗒嗒，尘土飞扬。透过尘雾，我又一次急不可耐地举枪瞄准。然而，贾尔肯又摆了摆手，轻声说："他们中间没有领头的巴特尔（哈萨克语中的英雄，亦指领头的强人），许是留在后面断后。我们先放过他们，缚住那个领头的，再来收拾这帮废物。"我只得放下枪来，静静等候。马群早已过去了，然而弥漫的

·32·

尘埃依然悬在半空，久久不肯飘散。

许久，一段忧伤的柯尔克孜小调透过喧哗的河水声，隐约传来。

……

山坡上长满白桦，

青羊在坡上戏耍，

噢咿，噢咿，我多么地想念，

伙伴们生长的阿依勒（柯尔克孜人的村落，相当于哈萨克人的阿吾勒）啊。

山坡上长满了白桦，

麂子在坡上戏耍，

噢咿，噢咿，我多么地想念，

朋友们生长的阿依勒啊。

随着歌声，只见头戴柯尔克孜式毡帽的一条大汉，骑着一匹黄骠马骎骎驰近。贾尔肯示意我留在林中守候，双腿一夹坐骑，嗖地一下蹿出了树林。

"站住！"

他举枪横在道中喝道。

那条汉子的歌声戛然而止。然而他并没有去摘背上的枪，其实也来不及摘枪了，只是一丝轻蔑的笑意浮上了他的嘴角。

"喂，持枪的巴特尔，敢问尊姓大名？"

"贾尔肯！你是什么人?!"

"我叫居马莱。贾尔肯巴特尔，你若真算条男子汉，请把枪放下，我们来较量较量。你若确能制服了我，甘愿束手就擒，何如？"

"哈——哈——哈，你是哪家的巴特尔？"

"达坂那边博孜墩山上柯尔克孜巴依——巴雅洪麾下的巴特尔。"

"哦咳，看来你不愧是个巴特尔嘛，啊？想把我们的几百匹马赶到天山那边呢。哼，你当真想与我较量，先把刀枪扔到那边去，我这就撇下刀枪与你见个高低！"

居马莱当即取下背上的刀枪，从马背上俯下身来轻轻放在了草地上。

"好。你到那边再下马。"贾尔肯指了指约莫两鬃索远处靠河岸边的一块草坪，说。

居马莱策马走到草坪中央下了马，便把马缰拖在地上放了坐骑，脱着衣服。黄骠马略走几步，停在草坪边上静静地吃起草来。贾尔肯也当即滚鞍下马，把刀枪一丢，匆匆脱下衣帽，便虎视眈眈地向草坪走去。

我屏住了呼吸，圆睁着双眼望着贾尔肯的背影，心中不免万分担忧。是的，要在往常，对于贾尔肯来说，对付这样一两个强人是不在话下的。可是他昨天才跟那头黑熊搏斗过呀！喏，他脸上的伤疤不是还在渗血吗？那么他身上的伤口又怎么样了呢？何况今天的对手也不是昨天那头熟睡的黑熊，分明是一群手持刀枪，一个个肩上扛着机灵脑瓜的强盗！万一他们要是发现头领不见，折回身来寻找，那该怎么办呢？别说夺回马群，恐怕我俩连性命都难保。然而，贾尔肯的秉性我是再清楚不过了——往往在这种生死攸关的时刻，任何劝阻对他都是无济于事的。瞧，他们已经交上手了呢。在他们身下，青青嫩草正在被无声无息地碾平……

"哦……"我忧心忡忡地叹了口气，透过茂密的灌木丛枝叶，翘首望了望河谷上方。马群扬起的尘烟在远处一个突兀的山嘴那边渐渐消失了。当我庆幸地回过头来时，却禁不住吓了一跳——咋料得贾尔肯正被居马莱压在身下。他脸上那道道伤疤被重新揭破，满脸已是血肉模糊。尽管他竭力想翻过身来，但看得出这种努力只是徒劳的。我当下猛刺马肚冲了过去。就在我的黑骐马从他们侧旁擦身驰过的刹那，我猛然俯下身来钳住居马莱的脖颈，把他从贾尔肯身上轻轻拨了下来。

阿合亚孜河依然哗哗地喧啸不停。贾尔肯莫名其妙地站起身来，气喘吁吁地看着掀翻在一旁的那条汉子，等待着他重新站起身。然而，当我拨转马头回到草坪上时，他明白了方才发生的一切，立刻对我咆哮起来："滚，快给我滚开！哪怕他就是缚住我手脚，你只管在一旁看着就好了。你那样做算不得男子汉，明白吗？胜负由我们自己的气力来裁决！"

我能说些什么呢？只得默默策马返回原来隐蔽的灌木丛里，静静听着两条大汉吭哧吭哧的搏斗声。忽然，从河谷上方隐约传来了马蹄声，我急忙把子弹压进枪膛，全神贯注地倾心静听起来。从渐渐清晰的马蹄声听来，来者是两骑呢。一点儿不错，他们从前边那个小土岗上驰下时闪了一下身影，确确实实是两骑。稍许，他们便在土岗这边的小径拐弯处转了出来。眼见的两骑背挎大枪，手持长剑驰来，我举枪策马突然奔出树丛，横挡在小径中央了。看来他们早有所料，尽管这一切发生得这样仓促，突然，他们却毫不犹豫地挥舞着长剑直奔而来。

"砰"的一声，我扣响了扳机。为首那个应声落马。他像只猫呜呜怪叫着，在路旁草地上打了个滚，霍地站起身来，拼命伸出双臂，活像要把整个山峦河谷搂进怀里。然而他的身子晃了一晃，扑空了似的通的一声栽倒在黑色的小路上。接着挣扎着翻了个身，仰面躺了下来，两只手紧紧攥住路旁的草丛，双腿很不情愿地蹬跶了几下，刨起一缕黑色的尘土，终于艰难地挺直了身子。他的坐骑却没有惊奔，只是恋恋不舍地嗅着主人的尸体。紧跟在后面的那骑猛然拨转马头窜进茂密的灌木丛中去了。我又举起了枪。当雪白的毡帽在不远处的一丛山楂后面一晃而过时，我屏住呼吸又扣响了扳机。霎时，我就看到那匹枣红马背着空鞍，疯狂地奔上小径，留下一道烟尘，隐没在小径尽头的树丛后面了⋯⋯

我赶到方才那骑落马的山楂丛后。正如我之所料⋯⋯我的枪子只是跟他开了个玩笑，揭去了他的毡帽而已。可是那位骑士误以为自己已被加布热依勒（真主专差勾魂的使者）勾魂，竟伸开四肢昏死在那里。我毫不费力地将他手脚缚住，驮到鞍前。来到草坪上时，贾尔肯也已把居马莱捆了个结实。可是他本来就伤痕累累的脸上，又少了一只耳朵，鲜血正顺着他的耳根浇进脖子里。我立刻跳下马来，割下一块鞍垫上的毡子，烧焦了按在贾尔肯的耳根上。

"没关系。"贾尔肯抹了一把脖子上的血,对我吩咐道,"好样的奴尔阿西兄弟,现在你留心守着他俩,我这就去从那帮孬种手里夺回马群。"

"慢着,"正在这时,被缚着手脚躺在那里的居马莱忽然发话了,"慢着,你们当真是些好汉,放了我那位老弟。你们用不着伤害他们,我的那些兄弟们是无辜的,一切都由我来承担。当然,我会把马群给你们赶回来的,何如?"

我和贾尔肯面面相觑……

当我们押着居马莱巴特尔赶着马群回到阿吾勒时,主人亲自出帐迎接了我们。这当然使我们感到荣幸之至。然而,有一点却让我们百思不解——主人见了居马莱居然当众啧啧称赞:"嚯,可真是一条好汉。好呀,我家这又多了一个勇敢的孩子。喂,管家,快给我的孩子们备饭。"当场他亲自为他松了绑不说,从此便当真把他留了下来。对此,贾尔肯一直表示不满,几次见机进言主人,劝说留着这么个祸根将会后患无穷。然而主人只是宽宏大量地一笑了之。

一年后的夏牧场上,我们的主人办了一次摔跤聚会,几乎阿吾勒里所有数得上来的骑士们,都自告奋勇地登场摔过了。最后,主人亲自点名让贾尔肯和居马莱摔上一场。于是,他们俩便轻装扎好腰带上了场。一交手贾尔肯便举起了居马莱,但是没能摔倒。正当他把居马莱放在地上的刹那,居马莱却出其不意地将他摔倒了。人群立刻呼叫起来。当下贾尔肯迅速爬起身来,我清清楚楚看到他脸上的几道深深的伤痕，在这刹那间已经涨得殷红殷红，一直红到了他那残缺的耳根。他稍稍一怔，便像一只被激怒的雄狮猛扑过去。于是，两人重新扭在一起了。不知过了多久，贾尔肯终于举起居马莱重重地摔在地上。然而就在倒地的刹那，居马莱凄惨地叫了一声……

两个月后，居马莱方得康复。原来那天他倒地时，贾尔肯的右膝顶在他胸口上，竟折了他两根肋骨。眼下已是打草季节，他和我们猎队的弟兄们一起来到阿合亚孜河谷，准备芟垛过冬的干草。然而，扎营的第二天下午，居马莱便神秘地失踪了。贾尔肯早有所料似的，当下撇下我们众人，单枪匹马奔向河谷尽头的冰达坂去了。直到翌日晌午，他才郁郁不乐地返回草场。从此，他的脸上一直挂着阴郁的愁云。我几欲驱散他心头的愁云，然而，每当我问起什么事情使得他这般忧愁时，他总是轻轻地摇摇头，惨然笑笑而已。

后来，当主人知悉居马莱投奔他人的消息时，禁不住对着贾尔肯连连自怨道："当初，我怎么就没听你的忠言呢。孩子，我明白了，看来狼崽是养不成家狗的。只怕他往后少不了还要向我的马群下手呢……"

贾尔肯却默默无语。

日子就像一根无限延伸的链条，一环扣着一环慢慢滑过。翌年夏天牧场上的一个寂静之夜，主人的马群又一次遭劫。这次贾尔肯并没有反对带上猎队的全部人马追击。我一听说马群遭劫，就断定这是居马莱前来报复。然而在路上贾尔肯恶狠狠地对我说道："你少胡扯八道，不会是他，绝对不会是他！"说罢，他猛地落下一鞭，远远抛下我们，隐没到夜幕里去了，只是从前边传来渐渐远去的马蹄声。

当明亮的启明星在黎明的天幕上渐渐暗淡下去的时候，我们远远看到了依稀可辨的马群。然而几乎与此同时，我们发现在前边不远的土岗下，静静地立着贾尔肯的空鞍坐骑。我们急忙赶到土岗下，只见贾尔肯的头皮反扣在脸上，人已经躺在血泊之中。"贾尔肯！"我大叫一声滚鞍下马，把他抱在怀中。我的手颤抖着，小心翼翼地把倒扣在脸上头皮给他翻回到血肉模糊的脑门上，轻轻揩净了他脸庞上的血迹。他那脸上被熊爪留下的几道深痕，此刻显得惨白惨白，活像冬日里冰封雪盖的深沟。他的脸是那样的恬静而安详，没有一丝痛苦的痕迹。我的心忽然提上了喉咙，禁不住对着他那只耳轮幸存的耳朵呼唤起来："贾尔肯，快醒醒贾尔肯……"

许久，他终于慢慢睁开了眼睛。"你……总算……赶到……了，我还……以为……来不及……见面……了呢……"

"快不要说这些不吉利的话了，贾尔肯，这点小伤没什么，你很快就会好起来的……"

我本来还想说些诸如狗熊都没能奈何了你的俏皮话来安慰安慰他的，然而，不知怎的我却哽咽住了，泪水猛然溢出了我的眼眶。他在我怀里惨然咧了咧嘴，喉结缓缓滑动了一下，吃力地说："我……不行了……，中了……埋伏……，他们……用带耙的……枪托……给了我……一下。嗯……，当初……居马莱……也是……在……冰达坂上……中了我……埋伏……的。我……恨我……自己……犯下了一个……不可……饶恕的……罪过……，请你……代我为他……在天……在天之灵……做一次……乃孜尔（丧后宴）……唉……，我……我恨……"说着说着，陡然，贾尔肯目不转睛地直瞪着蓝天，好像在那高深莫测的苍穹深处惊奇地发现了未曾知晓的隐秘似的……

故事到此结束了。

这是很早以前爷爷在世时讲给我听的故事。那时我还是个不明人生事理的孩童，因此，后面就把它给淡忘了。然而，也许纯属偶然，今天我忽然想起了早已去世的爷爷（愿他在天之灵得到安宁），于是这个故事也油然浮上了我的心头。许是出自对爷爷的思念之情，不知怎的我居然又把这个古老的故事，匆匆复述给你们了。倘使我和我的故事让诸位感到唐突，那就谨请见谅……

绿茵茵的草坪

阿曼昨天就向朋友们宣称，今天要为查密斯亚和卡玛丽饯行。此刻，他们三位和米尔扎一起，站在东来顺饭馆的二楼。

餐厅里座无虚席。几乎每一个座位后面都有顾客站着等候座位。阿曼是这里的常客了，熟知这里的行情。往常，每次到这里就餐，他总是带着足够的耐性。然而，今天他却不耐烦。"还有这么多人在等位子呢。"他习惯性地理了理头发说，"我看咱们还是另想办法。你们稍候会儿，我这就来。"说着，他出了餐厅。楼梯口随即响起了一阵急速下楼的脚步声……

片刻以后，当阿曼重新在餐厅出现时，他手上提着个大白塑料桶。米尔扎对此莫名其妙："喂，亲爱的，你这是打哪儿弄来的呢？"

"喏，刚从东风市场买来的。"阿曼快活地说。

"我说亲爱的，你买这玩意儿做什么呀？"

"哦，用处嘛……待阵儿你自然会明白的。对不起，请你们再忍耐一阵，我这就来……"

阿曼冲着茫然站着的这几位朋友诡谲地眨了眨眼，径自走向冷食柜台。当朋友们明白过来是怎么一回事时，阿曼已经提着满满一桶啤酒和一大塑料兜冷食，笑盈盈地来到他们面前："走吧，朋友们，到我们的绿色餐厅从容不迫地坐他一下午。"

天边堆着厚厚的积云，整个世界都在太阳的怀抱里昏昏欲睡。唯有夏日的天使——知了，在为午后的骄阳兴致勃勃地唱着赞美的歌儿。不知怎的，在这炎炎烈日下，这块草坪上居然沾满了露珠。

他们终于在一棵幼松和垂柳之间发现了一块看来还算干燥的草坪，于是，便在柳荫下围坐成一圈。

"我说怎样，这里够惬意的吧？"阿曼在圈子中间铺开一张报纸作为餐巾，把塑料兜里的冷食一一抖搂出来，依类摆开。"饭馆里多拥挤呀！今天恰恰又是个星期天，公园里到处都是人，这里倒是蛮清静的呢。"

"哦，这就是你的'绿色餐厅'呀？我说怎么从来没有听说北京还有这么个餐厅，瞧，那些来往行人还以为我们犯神经病了呢。"米尔扎在一旁漫不经心地打量着四周。眼前的立交桥上车流穿梭往来，炽热的路面在车轮下吱吱呻吟着。远处的民族宫和近处的广播大厦的尖顶呆呆地伫立在半空里，仿佛是由于燥热正在打盹。而那些整体吊装建筑工地上的吊塔群，活像一群群高傲而美丽的非洲长颈鹿，在强烈的阳光下庄严地移动着……

"管他呢，别人爱怎么猜测由他们去好了。不过这要请你们二位见谅了。"阿曼理了理滑到额前来的一绺头发，歉然看了看两位姑娘。"可是，一想起明天你们就要启程回新疆，家乡那一望无垠的绿色草原就浮现在我眼前。要知道我可有两年没回去探亲了，工作太忙，脱不开身……瞧,这里的草坪绿茵茵的,这绿色使人想起了家乡。你们说是吧?"

两个姑娘迅速交换了一下眼神,会意地笑了:"这草坪是有点带着草原的气息呢。您瞧,有多鲜绿呀……"

"阿曼,快倒酒吧,让我们尽情地领略领略你这块草原的风光……"米尔扎调皮地笑道。

橙黄的啤酒在杯中吐着白色的泡沫。姑娘们的笑声从草坪上空荡向远方。然而,就在这时,有一个沙哑的声音出现在草坪边上了:"喂,我说这几位同志,你们难道没有看到这个吗?"

四个人同时回过头去,只见一位敦敦实实的老大爷站在那里,用手中的大蒲扇指着低矮的铁栅栏上的一块插牌,插牌上写着:"不准入内,违者罚款。"

姑娘们的笑声戛然而止。白色的泡沫从酒杯中溢流出来。米尔扎耸了耸肩膀,望望阿曼:"喂,亲爱的,这么说你的'绿色餐厅'和草原遐想曲都该完蛋了。"

阿曼没有理会米尔扎,只是理了理额发,匆忙呷了口溢出杯来的啤酒,咂巴着嘴,说:"老大爷,您那个牌子我们早就看到了。您还有什么别的吩咐吗?"

"什么?你们这不是明知故犯吗?啊?!还坐在那里干什么,快给我统统出来!"

老大爷摇动着蒲扇,似乎在驱赶着燥热。显然,他发火了。米尔扎和两位姑娘惴惴不安地准备起身了，阿曼依旧没动，只顾笑着："等一等，你们慌什么呀？"他转而对老大爷说道："老大爷，这么好的草坪，为什么就不让人进来享受享受呢？"

"啊，栽这草坪难道就是让你们践踏的吗？"

"可是，老大爷，您知道我们为什么要进来？"

"瞧，你们还不给我快快出来，尽在那里啰唆些什么呀？"

老大爷举起蒲扇怒气冲冲地挥舞着双臂。看他那副模样，恨不得把这几个在他看来只讲歪理的人从草坪里一把拽出来呢。然而，不知怎的，他并没有迈进草坪，只是站在栅栏外边直跺脚。

"老大爷，请您别生气。"阿曼终于站起身来，笑盈盈地走到草坪边上，"老大爷，您以为就您一个人爱护这草坪吗？您大概不知道我们这些人比您还要珍惜这块草坪呢！告诉您吧，我们哈萨克人一直生活在草原上，那绿色生命就是哈萨克的命根子。"说到这里，他顿住了，若有所思地望了望从西南边上渐渐压迫过来的厚厚的积云。——草原上夏日里的云彩就常常呈现出这种样子。"要下雨了呢，老大爷。"他顺手指了指天空，不无感慨地说道："唉，美丽的草原……可是，我们已经很久没有见到草原了。您知道吗，我们是多么地想念那个绿色的世界呀，所以今天才贸然闯入您的草坪。不过，我们并不打算要践踏草坪……"

老大爷紧锁的眉梢展开了又聚拢，聚拢了又展开。他那没有胡须的唇边，出现了笑意，双眼闪烁着和蔼的目光。

"唔……嗯……是这么回事儿。可是，我刚刚才给草坪喷过水了呢，早知道你们要来，我就不洒水了……"

"不，不，谢谢您了，老大爷！"

老大爷欷然点了点头，迈着老年人特有的悠悠方步，缓缓走了开去。

阿曼目送着老大爷的背影笑了。他回过头来，怡然望望阳光下的草坪，只见挂在绿草上的滴滴水珠，正闪烁着点点青、蓝、紫色的光辉，在他眼前钩织出一幅色彩奇异的图景来……

那块富有层次的积云终于在他们头顶投下了阴影。俄而，干裂的雷声大作。他们几个刚刚来得及躲进立交桥下，雨脚便纷乱地落了下来。他们爽快地笑了起来，笑声这般清亮，这般舒心……

雨脚匆匆忙忙越过草坪奔向远方。雨后的夕阳在近处吊塔臂上画出了一弯瑰丽的彩虹。他们几个携手从立交桥下走出来，立刻就被眼前这番奇丽的景色迷住了：湿漉漉的草坪显得更绿了。那一排排小松树的每一根松针上，都缀着晶莹的水珠。远处民族宫的蓝色琉璃瓦屋顶，在柔和的夕阳和明净的蓝天映照下，显得格外清新悦目。就连依稀可辨的西山，也显得葱葱茏茏……

"喂，朋友们，我说咱们不用急着回去，在这里领略领略雨后草坪的黄昏美景吧！"阿曼兴奋地说着，跑过去扑进草坪的绿色怀抱，在柔软的、湿漉漉的草坪上欢快地打了个滚，坐起身来向朋友们骄傲地说道："记得小时候我总喜欢在雨后奔出帐幕，也不顾妈妈唠叨，就在潮湿的草原上滚着玩儿……"

就在这时,那个老大爷又出现在草坪边上了。这阵儿他脸上荡漾着像蓝天和夕阳一样柔和的笑容,欣赏着这几个如此珍爱他的草坪的哈萨克青年。

"老大爷,您也进来和我们一起坐会儿吧。"米尔扎热情地邀请。老大爷微笑着摇了摇头。

"我要给这位善良的老人敬上一杯酒。"阿曼说着,满满斟上两杯啤酒来到老大爷面前,"老大爷,我们今天本来是为那两个姑娘明天启程回新疆饯行的,可是现在我想为您的健康干一杯了。"

老大爷接过酒杯。"原来是这么回事,那两个闺女以后还回来吗?"他用不无惋惜的目光打量着那两个姑娘。

"当然要回来的,老大爷。好吧,让我代表那几位朋友,为您老的健康干杯!"阿曼快活地眨动着眼睛,用刚刚腾出的一只手理了理额发,便高高举起了酒杯。

"唔……好,谢谢……应当为这两个闺女一路平安干杯。"老大爷举起了手中的酒杯,一仰脖子,将那满满一大杯啤酒一饮而尽……

晚霞渐渐变得暗红。第一颗星星在西边的天幕上眨巴着晶亮的眼睛,悄然无声地窥望着暮霭朦胧的大地。他们的"宴席"终于在华灯初上的时候结束了。正当他们沿着这块像地毯般铺在马路中间的草坪慢步走去时,阿曼似乎听到身后有人喊了一声:"请等一等!"

他们停住了,疑惑地回过头来,原来还是那位看护草坪的老大爷。

"啊,你们差点儿就这样走了呢。"老大爷气喘吁吁地来到他们面前。尽管夜幕初降，但在明亮的路灯下，仍能看得清楚，他那双埋在尽是褶皱的眼皮底下的小小眼睛里，忽闪着纯真而激动的光芒。

"我今天是第一次允许别人走进草坪，不过，等到这两位闺女回来，往后你们什么时候想起家乡的草坪，就请到我这块草坪上来做客。"

阿曼、米尔扎和那两位姑娘全愣住了，他们深情地打量起眼前这位平凡无奇但是善良的老大爷来……

当他们由衷地谢过这位热情的草坪主人，乘着酒兴沿着草坪往回走时，习习晚风正在把草坪特有的淡淡芬芳一阵阵送向远方，在他们觉来，这的确有点草原的气息呢……

天　鹅

蓝天，雪山，草原，湖水……

然而，唯独不见天鹅。是的，要是有几只天鹅突然从雪山那边出现，带着"扑棱棱"的振翅声飞来，那该有多好啊！不，哪怕是一只也好哟……

六岁的哈丽曼茜手搭凉篷站在晾架（哈萨克牧民支在帐篷前用来晾晒乳品的架子）下出神地望着洁净的蓝天。可是，蓝幽幽的天空没有一丝浮云，更不用说洁白的天鹅奇迹般映进她的眼帘了。哈丽曼茜凝视了许久——那高深莫测的天空，活像个让人无法猜透的谜。庄严肃穆的雪山，则像自顾沉思的老爷爷，默默注视着什么，并不想告诉她蓝天的谜底。那坦坦荡荡的草原，好似一位十分爱美的大姐姐，只顾用五光十色的野花装扮着自己婀娜多姿的绿色躯体，没有心思来宽慰哈丽曼茜。而那蓝湛湛的，和蓝天一样深远的赛里木湖水，此刻却像一个顽皮的男孩，在那里一刻也不肯停歇地跳跃着，似乎无暇搭理我们的哈丽曼茜……

哈丽曼茜的眼睛不免有点发涩，她揉了揉眼，深深地叹了口气。

"咳，小孩子家有什么叹气的心事？"正在晾架下捻线的奶奶，停下手中的活计端详着她。哈丽曼茜似乎想起了什么,一下扑过去搂住了奶奶的脖子。

"奶奶、奶奶,昨晚讲故事时,您不是告诉我现在到了天鹅飞来的季节吗?"

"哦!"奶奶放下手中的捻坠,抚摸着哈丽曼茜的柔软黑发,"是啊,是节令啦。"

"那怎么我望着天空等了老半天,总也见不着天鹅飞来呢?"哈丽曼茜干脆躺在了奶奶怀里,颇为沮丧地说着。

"好孩子,快玩去吧,啊,让奶奶再捻点毛线。"奶奶俯下来吻了吻哈丽曼茜的额头,"晚上我再给你讲天鹅的故事。"

哈丽曼茜乐了。她站起身来,可觉得并没有什么好做的事情,便靠在晾架柱上,只是静静地望着在奶奶手中陀螺般转动着的捻坠。她无意中把手揣进坎肩小兜里,忽然触摸到什么。对了,她记起来了,这是几颗非常漂亮的白色石子,一颗颗简直就像白玉般晶莹透亮。这还是她晌午跟着小叔叔到赛里木湖边饮羊时精心捡来的呢。哈丽曼茜掏出一颗石子,搁在手心欣赏了一会儿,便对着石子窃窃说起话来:"飞呀,你快飞呀……你就给我飞一下看看好吗?唔……飞起来喽,飞起来喽……"

于是,哈丽曼茜用食指和拇指捏起石子,平伸开那只没有捏着石子的手臂,模仿着鸟儿飞翔时的振翅动作,悠悠扇动起小手,在晾架下绕着奶奶轻轻地盘旋起来……

忽然,哈丽曼茜停住了。她仿佛听到了一阵琴音般轻柔悦耳的声音。她倾心静静听着这一微妙的旋律,然而,她并没发现什么,不免有些怅然。她仰起头来望着深邃的苍穹。就在这一刹那,一幅奇异的图景出现在她眼前——在蓝幽幽的天幕上,有小小的两朵白云越过她的头顶,飞向赛里木湖上空。不,那不是白云,分明是两只比白云还要洁白的天鹅!啊,天鹅哟天鹅,你果然就像奶奶的故事里所讲的那般洁白。对了,刚才那一阵美妙的旋律一定是从你翅膀底下发出的吧?奶奶讲过,天鹅唱起歌来与众不同——百灵和云雀用婉转的歌喉歌唱,而天鹅却要用它那洁白的双翅在碧空轻轻弹出迷人的旋律……嗯,天鹅就像仙女一样美丽呢。这也是奶奶说的。要是能够亲眼见见天鹅落在地上时的美姿该有多好啊……

哈丽曼茜恋恋不舍地望着渐渐变小的那两只天鹅,刚刚还像咽下一口蜜那般甜滋滋的心绪不免有些怅惘。

两只天鹅悠闲自得地拍着洁白的翅膀,向那蔚蓝色的赛里木湖湖面上飞去。渐渐,在湖面上低回盘旋,最后终于落在了水面上。不,一定是落在了岸边。这一点,哈丽曼茜看得千真万确。她为自己的这一点发现激动起来,顿时双脚不由自主地迈开了步子……

是的,哈丽曼茜每天偏晌都要跟着饮水的羊群到湖边去玩的。她知道那个水波连天的地方离她家的帐幕并不远。她甚至熟悉天鹅落下的那段湖岸——那里有俏皮的浪花,更有许许多多令她眼花缭乱的彩石,喏!此刻衣兜里的彩石不就是晌午从那里带回来的吗?她确信自己要不了多久就能走到湖边,亲眼看到仙女般美丽的天鹅。奶奶正在凝神转动着捻坠,却没有注意到我们的哈丽曼茜已兴奋地奔向湖边。

太阳明显地向西移去。远远望去,赛里木湖上已经涌起层层浪涛。在靠近岸边的水面上,波浪划出一道道清晰的白色线条。可是现在还听不到一丝涛声。湖心深处的色彩是多么富于变幻啊!瞧吧,忽而变作蔚蓝,忽而变作墨绿……然而,哈丽曼茜对这一切视而不见,在她心目中只有湖边亭亭玉立的天鹅。她禁不住小跑起来,小坎肩胸前那一排排美丽的装饰品,一路撒下明快的叮咚声。

嗬!小狗黑嘴居然撒着欢儿奔跑到哈丽曼茜前面去了呢。哈丽曼茜乐开了嘴,露出两排珍珠般洁白的牙齿。要知道哈丽曼茜方才并没有唤它来的呀,可是这个机灵鬼似乎明白了小主人要干什么去。于是,在这辽阔的草原上出现了这样一幅缩影——忽而哈丽曼茜跑在了黑嘴前面,忽而黑嘴又超过了它的小主人……哈丽曼茜忽然停住了脚步,对黑嘴下起命令来了:

"回去!黑嘴。"

黑嘴双耳一贴,摇头摆尾地来到她面前,忽而闻闻她的小脚,忽而舔舔她的小手。显然,它是在向她央求,不要把它赶回家去,它是可以做一个很好的伙伴的,就像每天跟着她和小叔叔到湖边给羊群饮水一样。可是,哈丽曼茜还是那样坚决:"回去!黑嘴。"

黑嘴用一种十分委屈的眼神看了看她,很不情愿地往回走去,时不时还要扭过头来用哀求的目光看看小主人。哈丽曼茜望着黑嘴这般模样,禁不住又安慰了几句:"你去了会把天鹅惊飞的,明白吗?好了,回去吧,明天晌午我一定带你到湖边来。"

黑嘴终于懒懒地跑远了。哈丽曼茜这才注意到自己已经走出很远了——自家的白帐幕变得像一只天鹅那般大小,仿佛正在召唤着她回去。哈丽曼茜知道那可是一只不会飞离的天鹅。待她看完那两只真正的天鹅,当然要回到那儿去的。于是,她向自家的白帐幕招了招手,继续向湖边奔去。

哈丽曼茜已经跑上了公路。这是一条像黑色的腰带一样拦腰切过草原的公路,奔驰着蓝色、绿色、红色的大小汽车。它们就像搬家的蚂蚁一样,匆匆忙忙地奔来奔去。也不知它们从哪里来,又要奔向何方。不过她听奶奶说过,在大山那边有个叫伊宁的城市,所有的汽车到那里去,也是从那里开来的。她早就暗暗打定主意要到那个吸引着这些汽车的城市去看看的,但眼下哈丽曼茜并没有这份闲心,在她心目中只有那两只洁白的天鹅。可不是嘛,就连刚才开过来的那辆小甲虫一样好玩的小汽车,她都没顾上好好看它一眼。要在往常,她非要把它目送到地平线上不可呢。

哈丽曼茜跑过了那条黑色腰带般的公路。现在,蔚蓝色的赛里木湖展现在她的面前。湖水已经涨潮了,色彩斑斓的滩头被潮水淹没。层层细浪用它那洁净的手不住拍打着岸边的草滩。然而,在哈丽曼茜看到的地方,并没有天鹅的影子,却有几只乌鸦在觅食。她疑惑地向湖心望去,除了一堆堆隆起又平复的雪白浪头,别无他影。于是,她沿着湖岸走了下去。那几只乌鸦从她面前匆忙飞起,在蓝色的天空与蓝色的湖面之间，划过一道弧线，落在了前方不远的岸边。

湖岸是富于变幻的。一会儿绿色的陡岸直挺挺地伸进了湖面，湖水在陡岸下不住叹息；一会儿平展展的草滩远远退缩回来，浪花手挽着手欢快地跳跃着涌上草滩。在强烈的阳光照射下，近处泛着浅蓝色的反光，再往远处就变得深蓝。在那碧波连天的地方，湖水泛着十分神秘的色彩。哈丽曼茜一直沿着湖岸走了下去。刚刚落在那里的乌鸦，迈着从容不迫的步子走来走去，似乎正在等待着哈丽曼茜走近。而她却在充满希望地竭力寻觅着天鹅的美丽身姿。

湖畔的草原坦坦荡荡，一直延伸到那苍松覆盖的雪山脚下。草原上，这里一片金灿灿的，那里一片紫莹莹的，偶或还有点点火焰般的殷红闪现。在那绿茫茫的草原深处，坐落着点点雪白的帐幕，撒满了群群牛羊。然而，却不见天鹅的影子……

留在身后的山峰被隆起的陡岸遮着，变得低矮了。前面那座巍峨的雪山显得更高更高。那几只乌鸦依然在她不远的前方迈着它们的方步。哈丽曼茜终于停了下来。她断定天鹅一定是飞过赛里木湖，落在了神秘莫测的彼岸。要是哈丽曼茜有一双天鹅的翅膀该有多好啊，她立刻就能飞过这浩渺的湖面，去寻找那两只美丽的天鹅。然而，哈丽曼茜心里明白这是不可能实现的。那么骑着马儿在什么时候才能绕到遥远的彼岸呢？哈丽曼茜静静地伫立在那里，不免犯起愁来。涛声正在窃窃催促着她，似乎在说，如果你不尽快赶到彼岸，天鹅很快就会从那里飞走……

哈丽曼茜忽然发现远处山脚展现的公路尽头，有一辆她最喜欢的像小甲虫一样漂亮的小汽车正在驰来。她心中升起一线希望——她要挡住那辆小汽车，告诉开车的叔叔，她要马上赶到赛里木湖的彼岸去看天鹅。她确信那个好心的叔叔一定会满足她的要求……

哈丽曼茜情不自禁地招着小手向公路奔去……

静谧的小院

很难说清父亲的眼神打何时起有了这种变化,在她记忆中,父亲这种眼神显然是陌生的。的确,父亲那双褐色小眼睛深嵌在总是泪水莹莹的眼睑后面,尽管显得有几分迟钝、呆滞,但总是流露着慈祥善良的目光。无疑,在古蕾芭鹤蒂心目中,父亲是这个世界上最善良的人——哪怕是天大的事情,父亲也不曾有丝毫发作,连与孩童也没有伤过一回和气哩。不过,今天父亲眼里怎么竟闪烁着这异样的眼神?你瞧,除了永远湿润着父亲眼睑的泪水,竟有一层混浊的云翳在他双眸投下了淡淡的阴影,那眼神让人看着不免有点恍惚、忧愁。莫不是父亲身体不适,抑或有什么难言的苦衷啃啮着他的心?

古蕾芭鹤蒂的思绪被孩子们的嚷声打断了。三个孩子在刚刚修葺过的空葡萄架下争执起来,古蕾芭鹤蒂起身向他们嗔喝一通。大儿子却朝她匆匆扮了个鬼脸。古蕾芭鹤蒂嗔怒地一笑,于是,重新坐在门前的长廊沿上,默默注视着房前的果园出神。剪去了枝蔓的葡萄藤懒懒地舒展着躯干,躺在准备过冬覆盖的沟垅边沿。一棵棵摘去了果实的果树被秋色染得褚红,静静地伫立着,仿佛回忆着过去的劳累岁月。唯独靠墙的那株迟熟的海棠果树,依旧被累累果实压弯了枝梢,独自沉浸在迟来的丰收喜悦里。整个果园沐浴着秋日的柔和夕照，显得分外恬静、安详……

可是，眼神……父亲的眼神……对了，父亲的身子骨还硬朗着哩，不会有些微不适。至于苦衷——还会有什么苦衷可言呢，难道一切不是顺顺当当的吗？也许，父亲破天荒第一次在为谁生气？不然那团疑云是无法解开的。那么，父亲是在为谁生气呢？古蕾芭鹤蒂惴惴不安起来。难道自己中午向父亲诉说如何受到弟媳的羞辱使得父亲生了气不成？——她正是在那时无意中触到父亲这异样的眼神的……

当古蕾芭鹤蒂带着第一声啼哭来到人间时，她的父亲——这位名叫吐堪的哈萨克汉子，忽然间体验到一种从未有过的微妙激情。他在毡房对面对真主做祷告，努力睁大了泪水莹莹的眼睛，只盼接生婆速速出来报喜。他甚至在心里谋划好了，要将妻子在前几天特地塞进衣兜里的绣花手绢作为"取银器"酬谢报喜人。

"喂，吐堪，'取银器'，快拿'取银器'来，是'马倌'（哈萨克人俗称新生女婴为马倌）呀，真主赐给你一个美丽的'马倌'！"那位亲手迎来又一个新生命的接生婆，在帐内骄傲地喊了起来。

瞬间，吐堪被一阵迅猛的狂喜浪潮吞没了——他居然已经做了父亲！一种巨大的力量凝聚在他的心头，压迫得他简直透不过气来。片刻，他才舒心地喘了口气，一双粗糙的大手轻轻颤抖着捧上了那块绣花手绢：

"大娘，这点薄礼是我的一片心意，您收下吧，日后我吐堪定会厚报您这脐母（给新生婴儿割脐带的人，很受家属的尊敬）之恩！"

那时，吐堪完全沉浸在新生活的喜悦里了——他第一次拥有了昔日不敢奢望的土地、牲畜，还有温暖的小家庭，膝下又添了一个可爱的小天使，他怎能不乐呢！他觉得这孩子的降生必定是福兆，于是给她取名古蕾芭鹤蒂（意即幸福之花）。古蕾芭鹤蒂给这个家庭带来了崭新的内容——她的每一声清亮的啼哭，都要在吐堪心头荡起一圈甜蜜的涟漪。更不用说很快她就会咧开红缨缨的小嘴甜甜地笑了，这时，两口子便要沉浸在她那稚嫩脸蛋上的浅浅笑靥里。直到后来，古蕾芭鹤蒂蹒跚学步，咿呀学语，都与她那美丽动听的名字一样，给这个家庭带来了无限的欢乐和幸福，使他们的生活更加充实、美满……

当然，这一切古蕾芭鹤蒂并不知道。她所晓得的，就是自己在父亲心目中所处的独一无二的优越地位，以及这地位的有力见证——这座两间一套，外加一间耳房，由高高的向阳长廊连在一起的敞亮房舍，和这景色优美别致的果园。这原本是在父亲名下盖起的新居民点哩。不过，很早以前，是父亲领着她和萨里在这个庭院里安顿下来的。是的，那时，是父亲，也是母亲要她这个出嫁还不足年的女儿领着女婿从婆家回到他们身边的。古蕾芭鹤蒂嫁去的那个生产队委实穷得可怜——只剩一川丰盛的石头。父母生怕女儿会在亲家那边受苦。古蕾芭鹤蒂清楚地记得，当她和萨里携手第一次跨进这个院门的时候，这满园的果树一棵棵都还是刚刚移栽不久的幼苗哩。不错，就连葡萄架下玩得正欢的那两个儿子和一个女儿，不也都是在这个院里呱呱坠地，在这个院里成长起来的吗？天呐！古蕾芭鹤蒂突然惊奇地发现，自己今年也不过二十七岁，居然不知不觉做了三个孩子的母亲！哦，光阴哟光阴,你既是永恒的,为何又过得这样匆忙?古蕾芭鹤蒂当下草草扳扳指头一数,自己带着丈夫归家转眼竟已十载有余了呢。可是,在这漫漫的十度春秋里,父亲难道为她生过一回气吗?不不,没有,父亲甚至连一次难看的脸色都不曾让她瞧见哩!……

"呔,阿曼泰,难道你不能让着妹妹点儿吗?"

又是儿子在惹事儿了。看来男孩儿就是这般淘气,成天搅得你心神不宁;要能和自己的同胞姐妹和睦相处,也让你省心呀。古蕾芭鹤蒂一边责备着一边走了过去,从骄横的大儿子藏在背后的手中夺过毽子,还给小女儿,一边哄着,一边给她揩去眼泪。冷不防大儿子从背后悻悻地捶了妹妹一拳,一把抢了毽子,拔腿就向院门跑去。正在气头上的女儿,"哇"的一声,哭得更响了。古蕾芭鹤蒂立时撇下女儿追向院门,急欲拧住儿子的耳朵揪回来好好教训一通。说也凑巧,就在儿子蹿出院门的当儿,与正进门的弟媳撞了个满怀。古蕾芭鹤蒂看得千真万确,弟媳愤愤地将儿子一把推了个趔趄,还狠狠地白了他一眼,嘟嘟囔囔地腆着怀有身孕的肚子,大摇大摆地走过她面前,径直进了长廊尽头那间耳房——她的自由天地里去了。

"砰"的一声,房门在她身后沉重地关上了,随即整个小院复归最初的沉寂。

一股难言的委屈交织着无名怒火,在古蕾芭鹤蒂心头爆燃起来。她面无血色,怔怔地站在那里目送着弟媳,直到她的背影消失在门后,这才被那沉重的关门声震醒过来。古蕾芭鹤蒂猛然拽住还在门前懵立的儿子,将郁结在心头的火气全部发泄在他身上了。霎时,儿子那尖厉的讨饶声充斥了这个静谧的小院……

待得古蕾芭鹤蒂把锅碗餐具洗涮停当,已经夜深人静。孩子们早已和衣滚在炕上睡熟了。大儿子和小女儿紧紧地依偎在一起。咳,瞧吧,毕竟是同胞兄妹,白天还在为一个毽子争执不休,现在却又相互递送着各自的温热。尽管古蕾芭鹤蒂心中的郁愤还未消去,可是这会儿望着儿子的睡脸,又不免后悔起来。的确,有这么可爱的儿子,让谁瞧着不心疼?可是下午古蕾芭鹤蒂让他白白蒙受了一顿冤屈,她甚至感到心头一阵阵痛楚……

隔壁耳房的门开了,从脚步声听来是弟媳出来泼水。古蕾芭鹤蒂仿佛看到弟媳那傲慢的高昂的头,对她根本不屑一顾。古蕾芭鹤蒂恨不得立刻向什么人去诉说一番心头的委屈才好——兴许那样心里会轻松一些。她首先想起了父亲,父亲那副眼神马上浮现在她眼前。她不免有些茫然,父亲的眼神究竟意味着什么?忽然,她心头闪过一个奇怪的念头,刹那间连她自己也为之感到吃惊;一种执拗的力量正在驱使她要迅速证实这一奇异的闪念。

她望了望丈夫,他正蔫头蔫脑地侧卧在小桌那边,呆呆凝视着灯罩里纹丝不动的橙色火焰,只顾静静地吸烟,也不知他试图从灯光中发现什么。

"萨里。"

"嗯!"丈夫的目光转投向她。

"是不是你在什么地方惹父亲生了气?"

"荒唐！丈夫生就得这么一副泥捏人儿似的脾气，人品更不消说是少有的憨直、厚道，他怎么会触犯岳父大人？话一出口，古蕾芭鹤蒂真真后悔了——这般揣度丈夫的为人，不是过于刻薄了吗？

萨里欠起身了，诧异地望着妻子。桌上的煤油灯把他那瘦瘦的身子扩大了，在正墙上投下了庞大的影子，头颅的影子甚至在整个天棚上晃动。

"可是，你瞧见了吗，父亲那副眼神总好像是在为谁生着闷气呢！"

"哦，"萨里轻轻嘘了口气，这才说，"还不是在为我生气。"他侧卧下去，用一只臂肘撑起上身，平淡地说："没有什么，因为我不自知嘛！"

"你说什么？"古蕾芭鹤蒂茫然望着丈夫。

"我说呀，这个院子你还想再住多少年？"

"你这是什么意思？"古蕾芭鹤蒂用探究的目光审视着。

"什么意思？你弟弟都已经成家立业了，你还不早早腾出院子，老是让他窝在耳房里呀？"

"啊？什……么？我父亲好端端地让你在这个院里清清闲闲住了十年，如今他在你眼里就变成了那号子人吗？你倒凭着良心说呀？"

"瞧你，刚才不是你问我父亲在生谁的气吗？"

"噢，照你这么说，是我父亲要赶你出院子是不？"

"瞧你……越说越远了呢。"

"嗬，你倒扯得近呀？"

"得了吧，古蕾西（古蕾芭鹤蒂的爱称），不说这些了，好吗？"
……

古蕾芭鹤蒂彻夜未眠。她为丈夫的一番蠢话感到气恼，又为自己始终无法猜透父亲的眼神心急如焚。直到翌日偏晌，她才决定——只有速速去一趟牧庄，从母亲那里才能解开含在父亲眼中的谜底。

古蕾芭鹤蒂的娘家原是一直杂居在维吾尔村落里的阿勒班（哈萨克族部落之一）。尽管她父亲盖下了这座漂亮而舒适的农家庭院，老两口却带着另外两个儿子，牧放生产队的畜群，依旧四季转场，不愿在村里过消停日子。眼下他们就住在村南草甸里的过冬牧庄上。古蕾芭鹤蒂一经拿定了主意，便提前给孩子们喝过午茶，背着小女儿走出村来。

虽说眼下已是十一月初的天气了，可伊犁河谷的太阳依然暖融融的。天空就像平静而辽阔的海面，显得格外深邃、悠远。逶迤起伏在河谷两侧的群山上的雪线，已经低垂到山脚，冬天的脚步正打那里从容地朝河谷里走来。然而，村外那一块块平伸向远方的条田上，绿茵茵的冬麦苗正在无忧无虑地承受着阳光的慷慨恩赐。在田野尽头的草甸上面，还飘浮着缓缓流动的霭气。古蕾芭鹤蒂好久没有出村了，骤然跃进眼帘的这一片绿色的世界，在最初的一刹那使她产生了步入春境的错觉。但她马上意识到，耳边并没有布谷鸟从田边林带里传来的声声春的信息，只有几只从山上下来度冬的寒鸦，栖落在近前那一排银灰色钻天杨的光秃树梢上，吃力地引颈喑鸣……

"妈妈,我要下来自己走。"

小女儿将她的注意力岔开了。这已经是通往牧庄的大道,牧庄上的草垛高高地耸立在远处的草甸边沿。她从背上放下小女儿,吻了吻她红扑扑的脸颊,携着她的小手,慢慢向牧庄走去。

"妈妈,你看麦田绿绿的真好看。"小女儿开始兴奋起来。

"嗯。"古蕾芭鹤蒂应了一声。

"妈妈,你看夏天公公他们要去的山上都下雪了呢。"小女儿惊奇地说。

古蕾芭鹤蒂仍旧只是"嗯"了一声。

"妈妈,你说咱们这里也快下雪了吗?"小女儿那若有所思的眼神在期待地望着她。

"当然了。"这一次,古蕾芭鹤蒂做了肯定的回答。

"那下了雪不会把地里的麦苗冻死吗?"

"不会的。"

"为啥不会呀?雪那么冷,麦苗受得了吗?"

"这个嘛……"是呀,为啥不会呢?她从来没有想过,她只知道反正麦苗被压在大雪下面是冻不死的。她苦笑了一下,敷衍道:"这个嘛,反正是冻不死的,就这么回事。"

小女儿点了点头,似乎领悟了人生的一大真理。

后来,小女儿好像又提出了一些使古蕾芭鹤蒂感到更为离奇的古怪的问题。然而,古蕾芭鹤蒂再也没能听得进去——昨夜的纠葛已经把她推入深深的冥想中去了……

"其实，早在去年弟媳过门不久，我就发觉父亲的眼神有点不大对劲了呢。"喏，昨夜古蕾芭鹤蒂硬是追根究底，萨里就只好这么直说了。可是，古蕾芭鹤蒂到现在也无法弄清，她那个一向老实巴交的丈夫，怎么就会在弟媳刚一过门的当儿便能觉察出父亲的异样眼神来呢？更使古蕾芭鹤蒂震惊的是，丈夫竟说他过去一直担心她会一时误解了自己的本意，所以才没将此事挑明。论理，这庭院早就应该自觉腾出来让给弟弟住的。正是为此，父亲眼里才积满了愁云，因为他不忍心向自己宠爱的女儿启唇明说，而弟媳成天与她不和的根由就自不必说了。"请相信我，"丈夫的口吻的确是十分认真的，"这个庭院只要今天让给弟弟，明天父亲的眼神就会重放光彩的。"

面对这个一向蔫头蔫脑的丈夫，古蕾芭鹤蒂感到沮丧极了。难道说，父亲的眼神果真像丈夫所说的那样？

不，不会的！十年来，整个大院的门扉不是始终在为他们敞开着吗？不不，在为他们敞开的，分明是父亲坦荡的胸怀哟！记起来了，古蕾芭鹤蒂记起来了——每一次，古蕾芭鹤蒂只要望一眼父亲那双褐色的眸子，一股融融暖流就要打那里泉涌而出，流遍她的周身，洋溢在她的心头……

至于弟弟，古蕾芭鹤蒂更是无法相信丈夫那点暗示。她这个弟弟可是在古蕾芭鹤蒂八岁上正换乳牙时降临到人世间来的（当然，之后又连着添了两个弟弟），那时，可把古蕾芭鹤蒂乐坏了。在这以前，只有孑然身影陪伴着她进出门槛。然而别人家和她同龄的姑娘都有那么多兄弟姐妹，她是多么的羡慕啊……每当面临来自同伴的威胁，她们总是有兄弟姐妹争相出来护卫，只有她常常受到小朋友们的冷落欺侮。这下可好，她也有弟弟啦！从此，她成天价守在弟弟的摇床旁边，紧抿着小嘴，生怕露出豁牙来引得别人取笑她是"老婆儿"，只是用眼睛幸福地微笑着，遐想有朝一日弟弟长大了，她要挽着他的小手在草原上奔跑，还要到森林里采悬钩子吃。倘使有谁家的小孩胆敢欺侮他，她一定要勇敢地站出来保护小弟弟……

当古蕾芭鹤蒂带着萨里回到父母身边的时候，弟弟已经长成一个翩翩少年，更加惹人喜爱了。冬日里，弟弟几乎每天都要从遥远的牧庄赶到村里，成天跟在萨里身后，如影相随，待他就像亲哥哥一样亲热。开春以后，他便要留在古蕾芭鹤蒂身边，在村里上学。那时，古蕾芭鹤蒂的大儿子还没有出世呢，如果说这个小院里还有一丝孤寂的气氛，也让弟弟的欢声笑语给冲散了……

古蕾芭鹤蒂的心头不觉泛起一层欣慰的涟漪来。她不肯相信，也压根不愿相信丈夫那一番暗示——弟弟绝不会为着独居这个庭院而纵容自己的媳妇！

然而，又如何向母亲开口？……

"啊吔，那么老远的，你背着她来也不觉乏吗？"

当她们母女俩姗姗磨蹭到牧庄上时，两个弟弟跟着父亲吃过午饭早已进草甸放牧去了，只有母亲在家。母亲一边把外孙女搂在怀里吻个不住，一边又禁不住爱怜地责备起女儿来。

"婆婆，我没要妈妈背着，是我自己走来的。"外孙女赶忙清脆地分辩道。

"是吗？啧啧，这么远的道儿，甭说你，你娘的娘我都走不到尽头呢。"母亲十分惊讶。

"妈妈，您看您外孙女长大了没有？她是自己走来的呢。"古蕾芭鹤蒂却在一旁不无骄傲地证实着小女儿的话。

"是啰，是啰，这么说我也是该服老的啰！"

母亲笑呵呵地说着，开始为女儿和外孙女张罗起茶饭来。古蕾芭鹤蒂要揽过母亲手中的活计，母亲却执意按她坐了下来。一定要款待好回娘家的闺女，这是哈萨克人的习俗。母亲的确又老了许多——她的背已经开始驼了。可是手脚动作依然那样敏捷——在古蕾芭鹤蒂的记忆中，母亲从来就是个神奇的灶前魔术师，无论什么时候，只要一有客人驾到，还没等来客拴马坐定，母亲的餐巾便会铺展在客人面前，那醇香的奶茶鬼才知道是打啥时就已经烧好了的。这不，那亮闪闪的茶炊已经摆在古蕾芭鹤蒂她们面前嗞嗞作响。母亲摊开餐巾，从她精巧的小木匣里取出酥油和一大块冰糖，还盛了满满一碗奶酪，这才坐在餐巾边上把一碗奶茶首先搁在外孙女面前，轻轻俯下身子，凑在外孙女耳边十分神秘地说："乖乖，这全都是为你偷偷藏的宝贝，只管悄悄地吃了，待会儿公公他们回来可万万不敢声张，啊？"

外孙女先是一怔，脸上很快露出了狡黠的笑容。

母亲坦然地笑了。她以手捉领（表示惊讶之举），禁不住向女儿叹道："据先知们预言，到了世界末日，人在娘胎里就会学得鬼精鬼精。瞧你这宝贝女儿的精灵模样儿，莫非先知们的话在今世里当真要应验了不成？"

古蕾芭鹤蒂只是莞尔一笑。

"怎么，你好像是有什么心事，嗯？"母亲似乎立刻觉察出什么来了——尽管女儿已经做了三个孩子的母亲，可是看来她哪怕有些微的情绪变化，仍然无法瞒过母亲的眼睛。

显然，在母亲面前，古蕾芭鹤蒂已经无法掩饰什么。她迟疑了一下，只得委婉地亮出了心事："妈，近来我总觉着爸爸的眼神有点不似往常，也不知是有什么不快的事使他烦恼，还是有谁惹他生气了呢？"

"嗨，他那老眼烂，不瞎又好不了，总是那么一副湿乎乎的样子，哪里还会有什么不快活的事呢。快喝吧，那茶早凉咧。"

古蕾芭鹤蒂恭顺地呷尽了温茶，把碗递给母亲，顿了顿，忽然撒起谎来："妈，我们准备置个新院搬出去，今天我就是特意为此和你们商量来了。"末了，她又为自己的唐突之举感到莫名其妙。

"什么？"母亲吃惊地端详着女儿。

"听说马木提大叔一家要搬走了，我们想把他家房院买下来呢。"古蕾芭鹤蒂干脆把心一横，继续撒着谎。

"怎么，难道你们现在住着自己的院子觉着不自在了，是不？"

"不。不过，我想咱家院子还是留给弟弟住着更好些。"

"……"

一阵沉默之后，母亲叹了口气，微微点头，把添了新奶茶的碗递还女儿，便深深地埋下头去了。她那原本佝偻的背，在古蕾芭鹤蒂眼前高高地隆起……

那一天，还没待得父亲放牧归来，古蕾芭鹤蒂便带着小女儿匆匆向母亲告辞了——隐匿在父亲眸子里的谜底已经释然，尽管母亲并没有向她明说什么。这是她所始料未及的事。显然，在这一点上，萨里的看法是准确的，她不得不暗暗佩服起她素来认为老实巴交，以至于有几分蠢笨的丈夫来了。

就在当天晚上，萨里和古蕾芭鹤蒂一拍即合，当真拿定了主意，非把马木提大叔家房院买下不可。

他们成交很快——房价一千元整。那几天正赶上生产队年终分红，古蕾芭鹤蒂他们这个作业组虽不是全队之冠，却也一个工值投得三元一角七分。他们家一个半劳力（萨里出了全勤，古蕾芭鹤蒂因有孩子和家务掣肘，未出全勤，故而在丈夫面前谦称自己是"半劳力"）挣的工分，除去一家六口人吃穿借用，竟也净获七百二十元现金。不足的款额，他们商定让会计把马木提大叔负着生产队里三百五十元中的二百八十元移记在自家账上了。

马木提大叔的庭院坐落在村西清真寺后面。这里紧挨着那条曲曲弯弯地流向南边大草甸的小黑水河，湾里尽是一蓬蓬的马莲，一丛丛的薄荷，还有一片片变得枯黄的草滩。古蕾芭鹤蒂一下喜欢上了这个去处，她按捺不住满心喜悦，一再催促丈夫尽快给她弄几只鹅来——她发现这里着实是一处理想的牧鹅之地。另外，古蕾芭鹤蒂还打算好好发展一下她那群鸡，再添养几只羊，一两头牛。如今不像前几年，有政策保障，人们都在往大处着想，而不是眼睛盯在鸡屁股上，谁家多卖了几个鸡蛋都难免要遭受一番是非之论。

然而，古蕾芭鹤蒂的真正发现，倒是在于这个庭院的偌大地盘——她在成交的头天，就暗自盘算过了，将来在这个院子前面的果园里，足以给大儿子盖上一幢房子，隔出一个小院来的。那时，这栋老房连同剩下的果园自然就能留给小儿子了。这是她突然意识到的事情——望得见的山已经不算远了嘛，两个儿子看看就要长大呢。

当然，古蕾芭鹤蒂他们搬家那一天，弟弟和弟媳十分殷勤地帮助他们张罗搬运家什，不出半晌就使他们在新居里安顿了下来。几天以后，父亲牵着一头三岁良种奶牛，母亲披着一块亲手擀制的纯黑花毛毡，前来恭贺他们迁新居。那天恰恰是个风和日丽的日子，古蕾芭鹤蒂特意留神过父亲那双褐色眼睛。不错，她发现父亲那双眼睛依然是她所熟悉的模样——从那深嵌在泪水莹莹的眼睑后面的褐色眸子里，仍旧流露着炙热的目光，使她望而顿觉心头热乎乎的。古蕾芭鹤蒂不免对自己生起疑心来了——也许，父亲的眼神从来不曾有过什么变化，那一度令她陌生的眼神，只不过是自己的幻觉吧？

古蕾芭鹤蒂当下禁不住有点窘迫地向父亲披露了自己的宏图。父亲抱起可爱的小外孙女，领着两个外孙，在宠女贵婿的陪同下，兴致勃勃地把这新庭院游览了一番，在院子中央站定了，又认真地向女儿女婿把将来一旦给大外孙子造屋隔院时应该如何布局的细枝末节指点了一番。古蕾芭鹤蒂和萨里频频点头。两个小子听明了大人们是在商量要给他们盖房娶媳妇的事儿，早把脸蛋羞得飞红，赶忙抢白着"我才不娶媳妇！"躲到院外去了。谁知这时一直在外公怀里抚弄着他的须髯的小女儿，忽然赌起气来：

"公公,我不和你好了,你光给哥哥分盖房的地,把我给忘了呢!"

瞧,说着说着,小女儿竟落下了伤心的眼泪。

"女儿乖,不要哭了,女孩子家才不稀罕什么盖房的地!"

古蕾芭鹤蒂抱过女儿,心疼地给她揩着泪水哄了起来。

"不嘛,不嘛,我偏要,哥哥不还我的毽子,我就要他盖房的地。呜呜……"

女儿哭得更凶了,任凭古蕾芭鹤蒂百般哄劝也不中用。最后,只好父亲亲自出马,带着外孙女跨上坐骑,到河湾草滩上溜达了许久,方才哄住。

木 筏

赛里木是一个神秘的湖。

在蔚蓝色的湖面上，除了涌起的一层层白色波浪和几只悠然掠过浪梢的水鸟，看不到一只船帆——人们说，这里从来是不能行船的。这一点，使穆合塔尔那颗年少的心，常常感到一种深深的缺憾……

此刻，穆合塔尔终于划着亲手制成的木筏靠岸了。他拎着那只盛满鸟蛋的铁桶，一跳上沙滩，就兴奋地转过身去。蓝湛湛的湖水似乎失去了平日里不可捉摸的神秘色彩，一排排波浪涌上沙滩，柔顺地扑倒在他脚下，又依依不舍地退回湖中，把阳光化成千万朵耀眼的碎花给他看。

再往远处，便是湖面上那座突兀的孤岛。一群群水鸟还在孤岛上空惊悸不安地盘旋。他刚刚搅扰了它们的宁静生活……

穆合塔尔感到十分惬意，他甚至隐约可以听见从那岛上传来的群鸟的嘎嘎鸣叫声……

穆合塔尔索性在沙滩上坐了一会儿，这才把木筏拉上沙滩。他仔细检查了一番，箍木筏的鬃索浸了水就越发收紧了。他确信木筏再次出航也万无一失，于是哼着一支轻快的小调，拎起铁桶朝家走去。然而他刚走几步，无意中发现那边沙滩上也放着一只新扎的木筏。在偏晌的阳光下，那几道箍着原木的铁丝反射出刺眼的白光。他本想走过去瞧瞧，可是他又动摇了——辘辘饥肠当即提醒了他。况且，那木筏与他当真有段距离呢。

一辆解放牌汽车，满载着臂戴红袖章、全副武装的人，从镇子里缓缓开出，爬上那个陡坡以后，沿着湖岸和山脚之间的公路飞驰起来，转眼消失在弯道那边了。

穆合塔尔目送着那辆汽车，不知不觉走上了公路。

从镇口那边走来两个人，一个背着一支半自动步枪，另一位拎着两只铁桶。显然，那是两只空铁桶，桶把正在发出有节奏的吱吱声。

"喂，小伙子，你已经回来啦？"

那位背枪的人打老远招呼着，穆合塔尔只是点了点头。他认识他们，或者说还混得很熟——他们是镇上那个国营食堂的职工。前不久，他们把食堂里与他们观点不同的两个人赶出了镇子，现在只剩三个人，食堂也停业了。只是偶尔为过往的要好司机炒个菜，做点饭，有时也为路过这里的观点统一的人开一次伙。比如方才那一车人，就很可能是在他们那儿歇脚出发的。

"啧啧，你捡回不少鸟蛋呀！"

那个背枪的人拍了拍穆合塔尔的肩头，伸出了大拇指："好样儿的，你是第一个征服赛里木湖的人。我们也扎了个木筏，在沙滩上呢，你见了吗？"

穆合塔尔又点点头。

"喏，我们也去岛上捡鸟蛋。"

那位拎着铁桶的人，举了举两只空铁桶，说。

穆合塔尔回头看了看，他们朝湖边走去。

穆合塔尔一觉醒来，外边已经起风了。父亲刚刚巡视完几处过冬点上的牧庄回来。

"刚才我听到岛上响了几枪，是谁到岛上去了？"

"哦，是国营食堂的那两个人呗。他们晌午就过去了，还没有回来呀？"穆合塔尔揉了揉睡意惺忪的眼睛，说。

"是乘你的筏子过去的？"

"他们自己用铁丝扎了个筏子。"穆合塔尔笑了笑。

"唔。"

父亲坐下来喝茶了。

"不，不好啦！"

突然，一个人惊慌失措地闯进门来。穆合塔尔立即认了出来——这是国营食堂那三个人当中的一个。晌午没见他，看样子是留在家里了。只见他脸色煞白，一只手指着门外，急促地说：

"他们，他们……用……用你的木筏……"

"筏子就在沙滩上，"穆合塔尔说，"想用就拿去嘛。"

"不不，我不行，我过不去，我求求你们，给你们一百块钱，快点救救他们吧!"

"怎么回事?"

父亲放下手中的茶碗,望着那个人。

"他们,他们回不了岸啦,刚才他们鸣枪,我到湖边看了,有两根筏木已经漂回岸上来了。"

"他们的筏子散了?"穆合塔尔问。

那人努力点点头。

父子俩视线相遇了。父亲站起身来,对穆合塔尔说:"走,把家里的几根鬃索都带上。"

浓重的乌云完全吞没了耸立在西边的阿赫拜塔勒山的雪峰。团团云块正向那遥远的湖边垂下来。从松树头子方向吹来的风,猛烈地撕扯着湖面。赛里木湖已经全然失去了平时迷人的风韵,宛若一头暴怒的雄狮,咆哮着,恨不得把那孤岛一口吞掉。一排排黑色的巨浪,绕过孤岛呼啸而来,轰击着弯曲的湖岸,发出一阵阵震耳欲聋的隆隆声……

父亲迎风而立,眯缝着双眼望了望正在风浪中瑟瑟发抖的孤岛。他迅速把几根鬃索连接起来,牢牢捆住了木筏。

"咱们得绕过那边的湖湾,把筏子拉到顺风处,才能放到岛上去。"

说着,父亲把鬃索的一头挽了个套子,套在自己的肩头,穆合塔尔和那个人也攥住了鬃索。于是,他们把木筏拖进水里。

风浪每时每刻都在和他们作对。他们时而吃力地走在平缓的、酥软的沙滩上,时而又不得不蹚着陡峭的石岸缓缓而行——每前进一步,都是十分艰难的。倘若不是有几次木筏被浪头抛到岸上来,使他们得以喘息的话,穆合塔尔是再也无力支撑下去了。他看出那人也和自己一样筋疲力尽,只有父亲好像还有使不完的力气……

在湖湾那边,他们还看到一根被风浪送上沙滩的筏木,木头上还带着一根崩断的铁丝……

不知过了多久,他们终于把木筏拖到了对着孤岛的上风处。云层已经和湖面融为一体,从这里甚至看不到湖心,就连孤岛也隐进了云层。

"爸爸,我去。"

"不行。"

父亲正在解纜索。

"为什么?"

父亲并不回答,他依然埋头解着纜索——被湖水浸湿的绳结不肯轻易松开。

"那让我和您一起去吧。"

"不行。"

"为什么?"

纜索解开了。父亲抬头看了看他,把纜索挽好抛了过来。

"接住。风浪险——你还年轻。"

"那您去就不危险了？"

父亲没有理他，操起木桨就要把木筏推入水中。

"不行，爸爸，我非得去。"

穆合塔尔本来已经跳上了木筏，可是，当他看到父亲的那双眼睛的时候，不由自主地退缩回来。就在这时，父亲灵巧地一推，顺势一跃，木筏和他一同落在汹涌的水中。霎时，木筏就像一片被狂风卷起的树叶，在靠近湖岸的水面上滴溜溜转了几下，便飘飘悠悠地漂向湖心，忽而坠入浪谷，忽而又在浪脊上闪现……

不知什么时候，雨脚已经密密丛丛地落了下来……

穆合塔尔最后望了望那个飘忽不定的黑点，依依不舍地离开湖边，和那个人一道来到公路上。

当父亲架着木筏靠岸的时候，穆合塔尔和那个人早已等候在他们出发的滩头上了。

穆合塔尔一边帮着父亲把木筏拉上沙滩，一边望着那三个人。只见他们先是紧紧地拥抱在一起，而后背起枪支，拎着盛满鸟蛋的铁桶，异常兴奋地谈论着什么，一路朝镇口走去。

"喂，钱呢！"

穆合塔尔按捺不住喊了一声。然而，许是风浪声吞没了他的喊声，那三个人并没有回头。

"爸爸！"

他扑过去摇了摇正在埋头拾掇木筏的父亲。

父亲抬起头来。

"他们为什么不给钱?"

父亲没有说话。

"我去向他们要!"

穆合塔尔正要转身去追,被父亲一把拽住了。只见父亲摆摆手,望了望那三个人走远的背影,嘴角一歪,掠过一丝笑容。

风雨中,穆合塔尔茫然望着父亲。

瘸腿野马

我不是历史学家,关于这位一度威震世界的"天之骄子"的轶事,未曾详加考证。在此,谨请那些治学严谨的学者专家对我的冒昧多加宽恕……

"喂,听说没有,术赤汗(成吉思汗的大儿子,钦察汗国的汗)已经归天啦。"钦察万人队(成吉思汗的军队是以万人队、千人队、百人队等形式排列,钦察万人队是由钦察汗国的人组成的)里的一个老兵十分神秘地说。

"纳雷曼,你是在说梦话,还是发疯了?当心护着你那条老命吧!"

"真的。我的一个堂弟在他卫队里,是他亲口对我说的。"

"怎么,得了暴病?他不是还很年轻吗?"

"不,是在出去打猎的时候,被合罕(指成吉思汗)自己派去的密使把他的脊梁骨给拧断了,因为合罕对他不信任。那天术赤汗射伤了一匹野马,野马不肯轻易成为他手中的猎物,拼命朝草原那边的河套里奔去。术赤汗当然也不肯放走已经射伤的猎物,一直穷追不舍,连他的卫队都被甩得远远的,只有几个合罕派来的贴身人员尾随在后。

可是，当卫队的人也追进河套里时，发现术赤汗已经落在马下，两眼瞪着蓝天，一句话也说不出来……"

"嘀，瞧你说得有鼻子有眼的，莫非这一切你都亲身经历过？"

老兵缄默了，怔怔地打量了一会儿那个揶揄他的人，一甩手起身走出帐幕，融进黑沉沉的夜色中去了。

柯尔博戛乐师本来在一旁静静地侧卧着听方才的奇闻，不想介入话题。可是当他听到术赤汗临终是怎样绝望地瞪着蓝天，无言地死去时，他长长地吐了口气，再也躺不住了。他坐起身来，默默目送着那个老兵的背影消失在门外，便拿过自己的冬不拉，调弄起琴弦来。听到琴音，那几个沉浸在刚刚揶揄了人后的喜悦中的人，忽然打住话题，惊奇地打量着这位举止突然有点反常的乃曼（哈萨克部落之一）乐师。少顷，琴弦调好了，柯尔博戛这才缓缓开口：

"长老们，兄弟们，你们知道我是曾经发过誓的——决不在成吉思汗的君威下弹琴歌唱。可是今天术赤汗归天的消息使我的手心和喉咙发痒了，同胞们，请允许我破例唱上一首我们哈萨克先祖的英雄颂诗吧！"

他顿住了，用恳切的目光环视着帐内在座的人，那双眼睛里闪射着灼人的光焰。人们都在默默地颔首。于是，低沉的歌声伴随着雄浑的冬不拉琴音，在这狭小的四角帐幕里悠悠飘荡：

喂，可怜的人，

请你睁眼看，

你儿子名叫阿勒帕米斯（哈萨克古典长诗，约产生于十至十一世纪,阿勒帕米斯是该诗男主人公)。

……

显然,歌声和琴音已经轻轻地飘出帐外,引来了附近的邻居。不一会儿,帐内就挤满了跟随钦察万人队迁徙的乌孙、康居、阿尔根、突奇施部落的老人、妇女和孩子们。更多的是乃曼部落的人。甚至有十几个乃曼千人队里的骑士也挤在这里。人们的炙热眼神一刻也没有从那双拨弄着琴弦的手上离去。一个个就像跋涉在无边的沙漠里忍受着饥渴的煎熬,突然发现一股甘甜的泉水,得以从濒临绝境中挣脱出来一样,那样地兴奋,那样地忘怀一切。的确,自从成吉思汗的铁骑闯入钦察草原,这位名扬四方的琴师发誓不再弹琴歌唱。于是,人们再也听不到他那动人的琴音和美妙的歌声了。要知道在哈萨克的六十二霍额尔(哈萨克音乐巨库,每一个霍额尔里都有若干个曲子)里,没有柯尔博戛不会弹奏的曲子;在哈萨克的歌海里,更没有他不会唱的歌。每当他拿起冬不拉,那一支支曲子就会像一股股山涧的小溪,融融流入人们的心田;又像一群群奔腾的骏马,气势磅礴,令人分外心驰神往。而他的歌声又是多么的迷人啊,听一曲就会让人陶醉流连……这不,人们静静地倾听着,完全被他的歌声所征服,沉浸在这激动人心的古老诗篇里了。只有无声无息的羊油灯火苗,在不住地轻轻跳跃。

……

蒙古人也有他们的巴特尔,

他的名字叫喀勒曼,

在他手下有千人,

被当作奴仆来使唤,

家有十畜抽一头,

全都进了他的圈;

又看中了古蕾芭馨,

要把这美人娶进帐;

……

柯尔博戛拨出一段激越昂扬的旋律,略略提高了调门。他的双眸在昏暗的羊油灯光照耀下闪闪发亮,显得格外坚毅有神。脸色却是那样的古板,几乎没有一丝表情。然而他那一双手,十分灵巧地在冬不拉的音节间滑来滑去,抚弄着两根纤细的琴弦。

……

刀枪不入阿勒帕米斯,

他誓与敌人战到底,

请站起身来展开掌,

但愿他青春更久远。

……

人们开始悄悄抹去泪水。有几个老人甚至轻轻呜咽起来。还有两名乃曼骑士显然也是控制不住自己,在唏嘘着。当乐师唱到"请站起身来展开掌"时,所有的人"唰"地一下站立起来,不约而同地展开了双掌。就连柯尔博戛本人也受了众人的感染，当下抱着冬不拉站起身来，与众人一道抚面，为阿勒帕米斯的青春长驻向真主祈求助佑。歌声和琴音暂时中断了，帐外静悄悄的……

忽然，帐门被推开了。所有的人都向帐门望去——他们以为准是守夜巡视的蒙古亲兵闯了进来，似乎一个个默默等待着一场灾难的降临。然而，人们看到只有一个人影闪进帐内。当羊油灯的微弱光亮终于照清来者的面孔时，柯尔博戛认出他是方才那个赌气走掉的老兵。那些乃曼士兵们也顿时认出了他，个个喜出望外地嚷了起来：

"这不是纳雷曼吗？"

"喂，你这开的是什么玩笑呀，老兄，害得大伙儿虚惊一场。"

"瞧你这副惊慌失措的模样，莫非出了什么事吗？"

人们终于如释重负地吁了口气。纳雷曼也定了定神，说："不……不好啦……"下面的话还没说完，他就喘不过气来了。帐内的气氛顿时又紧张起来。

"喂，到底是怎么回事？"

"快说呀！"

有几个性急的人，分明已经按捺不住了。

"术赤汗不是失踪了吗……"纳雷曼反倒平静了些，急匆匆地开口道。不料，他的话头被打断了："喂，你刚才不是说他已经归天了吗？"

"当然啦。不过谁敢给合罕照此禀报呢，只得说术赤汗忽然失踪了，想以此暗示一下他就会明白的。可是谁知合罕一听这话勃然大怒，限令我们钦察汗国的所有臣民在三天以内找回术赤汗,否则将血洗钦察草原……"

"我说,纳雷曼,合罕是什么时候恩准你做了他的书记官,啊?"

人群里不知是谁问了一声,突然间爆发出来一阵哄堂大笑。纳雷曼狼狈极了,但他从来不知道也应该用同样刻薄的言辞回敬别人。此刻他脸上积满了焦虑的愁云,他几乎是向着众人求救似的喊了起来:"你们乐什么呀,啊?这是实话,我刚回军营听到后就匆忙折了回来,你们明白了吗?!合罕说了——如果找不到术赤汗,要把咱们钦察草原的人斩尽杀绝;要是谁敢向他报送噩耗,他就要给谁嘴里浇进滚沸的铅水!怎么样,好笑吗?你们笑呀,笑呀……"说着,纳雷曼已经哽咽了,他用那只粗糙的大手狠狠地抹了一把脸上的泪水。"最先遭殃的,还是……还是咱们万人队里的人,难道……你们有……有谁能够幸免于难?"帐内的空气凝固了,所有的人都屏住了呼吸,仿佛有一只无形的巨掌盖向他们,压得他们透不过气来。

"啊,这个合罕,他是说了就要做的……"

不知是谁喃喃了一句,立刻引起了一片沉重的叹息声。纳雷曼干脆放声号啕起来。也许是受到他哭声的感染,那些一直不敢出声的妇女们嘤嘤地哭了起来。霎时,被还无法理解的恐惧所慑的小孩儿们,也发出了尖利的哭声。有几个人看来十分机敏,索性夺门逃出了这个笼罩着恐怖的帐幕,似乎极力要摆脱那个过早地伸向他们的魂灵的魔掌,狭小的帐内顷刻乱成一片……

"乱什么!难道你们这样就能摆脱绝境吗?"

突如其来的一声怒吼,镇住了这些手足无措的人们。他们用惊恐的眼神寻觅着这个声音来自何方——原来竟是那个乐师!方才,在绝望中人们早已把他连同他的冬不拉忘得一干二净,此刻,似乎才忽然发现了他的存在。

柯尔博戛紧紧地攥着冬不拉的琴柄,眯缝着一双眼睛,把帐内的人默默环视良久,这才开口:"明天,我去向合罕禀报术赤汗的下落,你们安心地回家睡觉去吧,祝诸位能做好梦。"

纳雷曼在早祷以前就起来了。其实他昨夜通宵没有合眼——尽管那个柯尔博戛乐师祝愿他和众人做个好梦。一闭上眼睛,柯尔博戛乐师那张说不清是什么模样的脸庞就要在他脑海里浮现。纳雷曼觉得不可思议,那个不善言辞的乐师,在别人绝望地号啕时,是怎样想起要去向合罕报噩耗呢?天哪,等待着他的,分明是在铜鼎里滚沸的铅水哟!他当时震住了,还以为自己一时过于悲哀,没听真切。然而,他从人们一张张惊异的脸庞上,明白了这是不容置疑的事实。直到现在,一想起这桩事来,他浑身就不由得一阵阵发怵。他实在想象不出,就要发生在今天的事情结局将会如何。也许,昨晚那一切都是幻觉?

纳雷曼时不时揉一揉由于失眠而发涩的双眼,向那条通往蒙古军营的小道上不住张望——如果柯尔博戛乐师果真像昨夜宣称的那样有胆量去谒见合罕,这便是他的必经之路了。纳雷曼说不清自己为什么要守在这里,也许只是为了想证实一下柯尔博戛是不是一位说到做到的男子汉而已?直到日头爬得一鬃索高,纳雷曼才看到柯尔博戛乐师独自骑着一匹雪青马，怀抱着那只永远不离身的冬不拉，骎骎驰了过来。不知怎么，纳雷曼的心忽然紧缩了，当柯尔博戛乐师驰近时，竟疯狂地抢到小道中央，挡住了他的去路。雪青马受他一惊闪向一旁，柯尔博戛勒住了坐骑，他认出了这位拦路人就是昨夜那个老兵。

"喂，我说，你这是在试我的骑术还是怎的？"

"不，不，你不要去，你不要去！他们会眼睛不眨一下地给你喉咙里灌进铅水的！"纳雷曼瞪着一双充满恐惧的眼睛，声嘶力竭地喊叫着，一把抓住雪青马的笼头，再也不肯松手了，"我不放你走，我看得见那里只有加布热依勒在向你招手……"

柯尔博戛平静地笑了，他从坐骑上探下身来，轻轻拍了拍纳雷曼的肩头，微笑着说："谢谢你了，书记官。"

纳雷曼怔住了，双颊忽然热辣辣的很不是滋味儿。那双紧攥着笼头的手，不知不觉松了开来。柯尔博戛微笑着点了点头，一刺马肚，向蒙古军营驰去。

纳雷曼呆呆地目送着乐师渐渐远去的背影，忽然奔过去抓住一匹正在就近草滩上吃草的马，也不管是谁家的坐骑，解下绊腿缚在马脖儿上，骠骑着追赶乐师去了。

蒙古军营深处的合罕的驻屯前，两个哨兵交叉起长矛，挡住了他们的去路。纳雷曼不知道怎么办才好。他们已经经过八道宿卫哨了！只见柯尔博戛乐师跳下马来，他也慌忙滚鞍落地。方才他追上柯尔博戛时，乐师竟然没有表现出丝毫的诧异，仿佛他们早已约好要结伴而行。

"愿合罕洪福，我们禀报术赤汗的消息来了！"乐师说。

两个亲兵——他们身穿袖口上有红袖标的蓝皮袄，已经闻声从挨得最近的那顶帐幕里跑了出来。

远处那座庄严的黄殿幕的缎幔立即掀了开来，从那里传出一道命令。伫立在直通殿前的小路上的八个哨兵，一个接着一个传唤道："传合罕命令，'放行'！"

交叉的长矛收起了。纳雷曼全然不知自己在做什么，只是机械地仿着柯尔博戛的模样，撇下坐骑，熏过神圣燎火的香烟以后，双手交叉在胸前，跨上了通往殿幕前的小路。乐师的腋下依然紧夹着他那心爱的冬不拉。他们在金色的门前停了停。只见入口两旁立着两匹那样漂亮的马儿——一匹乳白色，一匹嫩黄色，都用纯白的马鬃索系在金铸的拴马桩上。一个目光呆滞的侍役把他们引进殿幕，用手示意他们坐在地毯上。

直到这时，纳雷曼才清醒过来。他凭感觉知道，此刻自己就坐在那个连孩子听到他的名字也会止住哭声的合罕面前，合罕正在用利剑般的目光审视着自己。但他不敢抬起头来望上一眼。自己究竟怎么会跑到这里来呢？他已经想不起来了。不过，有一点是清楚的——地狱的大门也许就是从这里为自己而打开。他的心禁不住隐隐作痛了……

"说！"一个低沉的声音响了起来。

纳雷曼本能地缩了缩脖子。一阵战栗从他盘压在身下的脚尖发起，立刻涌遍了全身。他无力地闭上了眼睛，顿如自己已经迈进了地狱的门槛——他对铅水的威力确信无疑——毫无疑问,当你的舌头还没有来得及品出它的滋味,就会将你从头到脚化成一缕青烟的……

他的思维几乎停止了。他的感官似乎失去了知觉……

然而,朦朦胧胧的,好像从一个异常遥远的地方,飘来了一阵诱人的轻轻音响。那一定是小虫的吱吱声。不,分明还有小鸟的啾啁掺和在一起……

哦,这是多么迷人的钦察草原啊。那交织在一起的特殊音响,只有草原才独有。你瞧,灿烂的阳光正在用它温柔的嘴唇含情脉脉地亲吻着绿色无垠的草原。一堆堆白色的积云,逍遥自在地滞留在草原上空,这里那里的,投下了一块块寂然无声的、参差不齐的阴影。草原上杳无人迹。只有一群野马在某一块云影下静静地吃草,偶尔,打一阵得意的响鼻……

纳雷曼迷惘地抬起眼来,却看见了一张火红色的阴沉的面孔,和一双正在冰冷地直视着自己的黄中透绿的眼睛。纳雷曼受不了那个冰冷的目光,不由自主地打了个寒战,慌忙低下头去。

他似乎又听到了那飘缈的乐曲声,仿佛看到一队骑士神奇地出现在宁静的草原上。为首的是一个高傲的骑士,他的坐骑多么秀丽呀!与这队尾随的骑士们的坐骑相比,显得格外超群。

现在那个高傲的骑士发现了那一群野马,猛刺马肚率先冲了出去。野马群顿时炸开了,那位高傲的骑士当下拈弓搭箭,射中了其中的一匹。野马群眨眼间消失在地平线的尽头,只有那匹中了箭的野马落伍。

它显然是伤着了一条前腿,尽管已经瘸了,却依然疯狂地朝草原那边的河套里奔去。高傲的骑士并不肯轻易地放走这眼看到手的猎物,一溜烟追了过去,只有三两个人跟上了他,其余的骑士全被远远地抛在后边。

当那个高傲的骑士追逐着那匹瘸腿野马钻进河套里的密林中时,突然被一股神秘的力量从马背上掷落了。骑士在仰面倒地的刹那,看到了几张熟悉的面孔。他明白自己遇到了一件什么样的事情,然而他一动都不能动,连一句话也说不出来了,一双充满懊悔与怨愤的眼睛,无力地瞪着蓝天……

那一匹企图摆脱死神的野马,穿过密林,挣扎着涉过河水,却跌倒在河对岸的苇荡里了。不一会儿,有一只不知来自何方的秃鹫,凄厉地鸣叫着,在苇荡上空盘旋……

殿幕内寂静无声。许久,从屏风那边传来一个女人的啜泣声——那是术赤汗的母亲。

"喂,你弹的是什么曲子?"不知又过了多久,合罕问道。

"《瘸腿野马》。"柯尔博戛乐师平静地回答。

合罕的眼睛眯缝起来,只剩下一条狭小的细缝儿。他紧闭着嘴,举起胖胖的手指往空中一划,立即有一群卫兵出现在殿幕里了。

"拿铅水来!"合罕命令道。

霎时,纳雷曼的耳边传来了在铜鼎里噗噗滚沸的铅水响声。再过一会儿,铅水就要灌进自己的喉咙里了。他忽然忘记了胆怯,绝望地抬起头来。只见合罕高高地坐在金宝座上，一双黄绿色眼睛满含着晶莹的泪光，不知什么时候，两行泪水竟已顺着他的双颊滚落下来。

"拿过他的冬不拉！"

卫兵们照办了。

"把铅水给我倒进冬不拉里！"

纳雷曼莫名其妙地注视着这一切，浑身早被汗水浸透了。可是，当滚沸的铅水"噗"地一下将冬不拉的音箱化成了一缕青烟的时候，纳雷曼发现，柯尔博戛乐师正在痛楚地望着被贪婪的火舌舔舐着的那一截余柄……

角度——目标

这里是国境线。当然,不是您在地图上所看到的朱红色虚线——而是一条掩映在密林里的恬静而安详的小河,河面不足一鬃索宽。

他们的家就在国境线附近。因此,他们常到这条小河边——他们的生活用水就来自这条小河。

方才他们饮马的时候,发现树林里栖息着几只松鸡。此刻,他们掂着一支小口径枪赶回树林里来了。按规定,在国境线附近是不许鸣枪狩猎的,不过,八百米以内还可以使用小口径步枪。

还好,松鸡还在。他立即将子弹上膛,选择了一个十分有利的角度,举枪瞄准了……

"喂,我说最好还是从那个角度上开枪的好,那样万无一失。不然……"

他回过头来,伙伴正指着界河的岸边。

他本来确信自己的枪法,但还是快快地收起枪,猫腰悄悄朝界河边上移去。茂密的草丛在他脚下窸窸窣窣地摇曳着,仿佛在暗暗地预祝他成功。然而就在这时,那几只松鸡似乎觉察到他的意图,扑棱棱一下飞了起来,越过界河落在了对岸一棵白桦树上。

他用不着猫腰了。

他挺起身子,怔怔地望了一会儿那几只眼看到手的猎物——现在距离也不超过五十米,完全在射程以内,可是他不能再射击了。他不明白,一刹那间,为了万无一失,竟然变成一无所得了。

他终于悻悻地退出了枪膛里的子弹……

密林中的小河,依然在安谧地流淌……

潜 流

瓦利沃拉像个精灵似的从河水里钻了出来。

伙伴们一个个赤身躺在滚烫的沙滩上,正在沐浴着阳光。唯有米扎穆在那里十分认真地往自己大腿上堆积着细沙。望着他那般专注的神情,瓦利沃拉很想笑,然而他几经努力,嘴角虽然也抽动了几下,嘴巴却终于没有能咧开来。他只是咽了口唾液,他那显然刚刚开始鼓起的喉结轻轻滑动了一下。于是,他便郁郁地绕过伙伴们,走到那个不远处的斜坡上,双手支撑着坡面坐了下来。他没有即刻躺下,只是漫无目的地把目光投向了彼岸。

墨色的额尔齐斯河河水在盛夏正午的骄阳下舒展着身躯,静静地流淌。从对岸低矮的阔柯森山下,一直到河边的沙丘上,滚动着缕缕蜃气。而在那海浪似的沙丘深处,有一股被旋风卷起的沙柱,宛如一根悬空飘舞的金黄色飘带,正在轻轻地、慢慢地打着旋儿,一路向河边荡来……

一团湿沙突然飞落在瓦利沃拉脚下,溅起的几撮沙粒竟粘在他脸上了。他先是一怔,本能地用胳膊抹去了脸上的沙粒,这才快快地收回了视线。

"喂，你怎么孤零零一人躲到一旁去了？来，快过来，把我用沙子埋起来。"

是米扎穆。他的嗓音还像个小女孩似的，那么尖细。

瓦利沃拉迟疑了一下，还是起身来到了米扎穆身边。

"对，这才够意思呢。不然，你一个人像一只离群的羔羊，坐在那里会寂寞的。来吧，快往我身上埋沙好了。"

米扎穆絮絮不休地说着，已经面朝河水卧好了。

"喂，你愣什么神，怎么还不动手？"

"我说米扎穆，"瓦利沃拉启唇道，他的嗓音由于正在变声，所以显得特别沙哑，"你起来。"

"怎么着？"

米扎穆莫名其妙地坐起身来，不解地望着他。

"咱们游过河去吧。"

"嗨，闹了半天，我还以为怎么着呢。得了吧你，别看你我在这河水里泡了一个夏天，可还从来没有去过河心！"

"那你不去？"

"……"

"好吧，那我自己去了。"

瓦利沃拉径直走进了河水里。伙伴们并没有上来阻拦他——也许，他们认为他是在闹着玩儿的——有几个依旧双目紧闭，躺在热烘烘的沙滩上纹丝不动。瓦利沃拉一步步朝浅滩深处走去。在左边那座横跨河面的公路桥下，三两个渔夫正在忙忙碌碌地撒网捕鱼。瓦利沃拉听说江鳕和鲟鳇鱼顶喜欢在桥墩下游耍。然而在这座大桥落成以前，鱼儿又喜欢在哪里呢？不过，瓦利沃拉对撒网钓鱼之类的把戏不大感兴趣——他的最大兴趣是游泳。瞧，在下游那个早已废弃了的小码头上，云集了不少前来游泳的人。每天中午，那里都要着实热闹一番的。只是瓦利沃拉和伙伴们从来不愿意到那里去凑热闹，他们始终据守着靠近大桥的这一片河滩。再往下面，便是布尔津河的入口处了。这会儿从河面上望去，那纵横交错的洲岛上的茂密的白桦林，还真别有一番迷人的景致呢。

忽然，身后响起了一阵哗哗的涉水声。瓦利沃拉转过身来，米扎穆已经赶上来了。

"我说瓦利沃拉，莫非你当真要游过去？"

"那又怎么样呢？"

"不，不怎么样。只是……"

米扎穆眯缝着眼，神情恍惚地望着遥远的彼岸。

"听我说，还是和我一起游过去吧。"

"不不，你，你先过去，然后我再跟过去，好吗？"

"既然……那么，好吧。"

瓦利沃拉转身还没走出两步，河水一下漫到了他的胸前。此刻，朝河心望去，水面平滑如镜，没有一丝涌起的波浪。瓦利沃拉踮起脚尖，轻轻一跃，便悠然浮上了水面。

瓦利沃拉安闲地游着蛙泳。河水静静地迎面流来，在他胸前激起一朵朵细小的浪花，随即破碎开来，消逝在身后了。然而，还没等前一朵浪花碎尽，又有新的一簇浪花立刻在他颔下绽开。河水绵延不断，他很自在……

瓦利沃拉把目光投向远方。一辆灰色的黄河车正从公路桥上驶过，桥面上弥漫着一层黑色的柴油烟雾。桥下那几个渔夫中，有一个人正在急急收网。不知他这一网究竟挂了多少条鱼。是江鳕，还是鲟鳇鱼？反正不会是哲罗鱼。据说额尔齐斯河上早就捕不到哲罗鱼了，唯独哈纳斯湖里才有……

不知不觉，瓦利沃拉已经游过了平日里他们应该返回岸边的深水区。这一点，是他意识到自己的视线已经和第二个桥墩拉齐的时候才发现的。然而他并没有感到意外。他朝左岸望去，只见那棵熟悉的老柳树变得低矮多了，斜斜地留在了上边。伙伴们似乎一个个都浸泡在浅滩里，正在朝他这边张望。河面越来越开阔了，他望着浩瀚的河水，感到那样的心旷神怡。这与往日里站在岸边望着宽阔的河面，毕竟有着另一番动人之处。他觉得自己的视野顿时开阔了许多。等一会儿从对岸游回来，一定要把自己这种奇异的感受告诉给伙伴们。瓦利沃拉分明已经沉浸在和河水一样无边的幸福中，忘却了世上的一切……

第三个桥墩正在与他的视线渐渐拉齐……

河面依然平滑如镜。太阳的轮廓倒映在这镜面似的河水里,正在伴随着他缓缓移动。忽然,瓦利沃拉感觉到一种潜藏在水面下的神秘的力量——他被这种力量不可抗拒地推拥着,正在急骤地向下游漂去。转眼间那座高高的大桥变得低矮渺小,那蠕动在桥上的到底是甲虫还是汽车,令他难以分辨了。他有点慌乱了。也许应该立刻游回左岸?他极迅速地朝左岸扫了一瞥——一霎时他感到浑身无力了——天哪!岸在哪里呢?那影影绰绰的黑点,莫非就是挂着他衣裤的那棵老柳树不成?看来无论如何他是回不到那里去了。一种从未体验过的恐惧开始慢住了他的心头——他已经清晰地想到了死。也许此刻体验着的一切,正是自己行将死亡的前奏?恐惧像一块沉重的顽石完全压住了他的心,使他简直透不过气来。他感到自己开始下沉,思维也开始停止。然而仍有一线固执的念头在他变得懵懂的脑海里萦回,那就是他想喊,他想竭尽全力呼喊一声"救命",然而,怎么努力,他也没能喊出声来。

瓦利沃拉彻底绝望了。他感到再过一秒钟,自己就会沉入水底。于是,在水底翻腾的那股神秘的力量,准会把他带过那座废弃了的小码头,然后冲向布尔津河入口,在那里汇集了清澈湍急的布尔津河水的力量,再把他送到很远很远的地方。也许,某一天,河水会将他的尸体像一条搁浅的死鱼那样,在哈巴河口,或者是更远的布烈孜河口推上某一座荒岛……

他最后望了一眼平静的河面。忽然,不知怎的,他想起了母亲。啊啊,要是有人将自己溺死的消息告诉母亲,她是决然经受不了这种打击的。不不，不能给母亲留下痛苦而自己先走，千万不能。无论如何，无论如何也要活着上岸。瓦利沃拉清醒过来了，这是河心潜流，必须用双膀（一种自由游）才能切过，蛙泳是过不了潜流的。他的第一感官已经发出了明确无误的信号，刹那间他将右臂挥出水面拍击下去，立刻又抽出了左臂，双脚也有机地按照手臂的节奏，在水下一次又一次地踢蹬着。他什么也不想了，什么也想不起来了。他的思维真正停止了活动，只有手脚在机械地划动着……

不知过了多久，瓦利沃拉隐隐约约听到了人们的嬉笑声。他这才意识到自己居然安然幸在。他想看一看是不是快到岸边了，他刚要扭过头去，忽然又顿住了。"不行，别看了，万一离岸还远，你会失去勇气和信心！"有一个低沉的声音在他心底警告："闭上眼，沉住气，在你的手脚没有触到坚实的河岸前不要张望！"瓦利沃拉再也没有一点气力了，他感到浑身的肌肉都在疼痛，嗓子也在冒火。然而此刻他心中只有唯一的念头——千万不要抽筋！似乎这会儿他的身子不再像方才那阵向下漂流了。他重新改换了蛙泳，这样要省力，也舒服些。不过，尽管他拼命地游去，手脚依然没能触地。他终于忍不住睁眼朝右岸慌乱地扫了一瞥，总算望见了<u>丛生着梭梭和骆驼刺的陡岸的轮廓</u>。不过与他这里，还当真有一段距离呢。瓦利沃拉的确差一点丧失了信心。但他一想起自己眼看要到岸了，在这里沉入水底不免有点太遗憾，于是，又一次咬紧了牙关……

当瓦利沃拉的右手终于触到了浅滩的时候，他停止了划动，想站起身来。就在这时他美美地呛了一口水。慌乱中他又拼命地划动了手脚,直到肚脐蹭在了浅滩,这才跟跟跄跄地站起身来,蹒跚着走向沙滩。当他的一只脚刚刚踏上了沙滩的边缘,便扑倒在水里了……

  许久许久,瓦利沃拉才清醒过来。确切地说,是那些贪婪的马虻子将他蜇醒的。他感到口干舌燥,但他懒得动一动身,只是厌恶地朝那平滑如镜的河水望了一眼。他费力地驱走了落在肩上的一只马虻子,努力站起身来。他想迈开脚步。可是双腿发软,险些一个趔趄摔倒。他重新站稳脚跟,这才想到有必要搞清自己的准确位置。他回首望去,只见对面就是那个废弃了的小码头,小码头后面的县城,正在阳光下昏昏欲睡。而那棵熟悉的老柳树,竟落在了很远很远的上游。伙伴们的身影在那里像几只奔忙不迭的蚂蚁那般依稀可辨。那个忽而滑入水中,忽而又跃上岸边的飘忽不定的小黑点,准是米扎穆,他想。缓缓地,在瓦利沃拉的嘴角露出了一丝疲倦的笑容。他艰难地抬起脚,沿着沙滩蹒跚地向坐落在遥远的上游的大桥走去,沙滩上留下了他一串零乱的脚印……

  黑色的额尔齐斯河仿佛什么也没有经历,依然故我,在静静地流淌,流淌……

雪　崩

门再也无法打开得大一点了。

"雪停了吗？"妻子打身后问。

"嗯！"

养蜂人吐拉帕依没好气地从喉咙里咕噜了一声，他像一头双眼发红的公牛，呼呼喘着粗气，正在把自己骆驼般庞大的身躯从那一道刚刚推开的、好不容易能够钻进一只小猫的门缝里硬往外挤。和往常一样，昨晚他就为防着这一手，照例把木锨搁在屋里的。然而眼下木锨压根派不上用场——他的一只胳膊在门外，一只胳膊在屋里，门框和门板恰恰把他的胸口顶住了。

"嘻嘻……"

"你乐什么！"

他在门缝里恼怒地扭过脸来，瞪了一眼正在给孩子喂奶的妻子。

"骆驼也有难为的时候呀！"

妻子正在乐不可支地望着他。

"我是怕用力太狠，会把门板弄坏。"

他也禁不住笑了起来。

"我说，咱们都这样，不知下面配种站那老两口日子是怎么过的。"妻子的一双眸子里忽然掠过一丝忧郁的浮云。

"谁能料到这倒霉的雪一下就会没完没了。如果在山外也是这么个下法，真不知给冬牧场上的畜群带来了多大的灾难……"吐拉帕依答非所问地喃喃着。

妻子沉默了。

吐拉帕依已经稍稍喘了口气。他扭过脸去，重新运足了浑身的力气，又一次小心翼翼地向门外挤去，门板和门后的积雪，在他的力量压迫下，轻轻地而充满幽怨地嘟囔着。他终于挤出门去，站在了没膝深的雪窝中。妻子匆匆奔到门口给他递了木锨。孩子突然断了奶水，在摇床上哇哇啼哭起来。妻子又慌忙趑回身，继续给孩子喂奶去了。

雪的确是停了。此刻，整个山峦林莽都被厚厚的积雪覆盖着。除了悬挂在两山之间冬日特有的、透着寒气的巴掌大的蓝色天空，世界浑然变成了一片圣洁的白色。

吐拉帕依从来没有见过这样的大雪。纷纷扬扬的雪片宛如无数只小鸟，从那灰蒙蒙的云层中倾巢而下，整整飞舞了七天七夜。他的养蜂场的栅栏，已经完全被积雪吞没。就连那些摇曳在蜂场周围的丛生的灌木林，也没了踪影。倒是溪边那一片片野果、山楂和混生的水柳、山杨，努力从厚厚的雪被底下探出光秃秃的枝梢来，仿佛证实着自己的存在……

吐拉帕依自家的木屋，也深深地埋在了积雪下面。他从这场大雪开始下的第一天起，每天都要清扫几次门前的积雪，从而维持住门前一块小小的空场地，和通往柴堆、畜圈、溪边以及搁置过冬的蜂箱的蜂房的通道。现在，小小的空场地那边堆积起来的雪墙，已经远远高出了他家木屋顶上的烟囱。可是昨晚一夜间，上苍仿佛作了最后的发泄似的，在他昨天黄昏才清扫过的空场地上，一口气又下了一场没膝深的大雪。要是再把这些积雪铲到雪堆上去，我的天，那雪堆怕是要变成一座小山了！吐拉帕依感到不可思议，也许，这就是老人们常说的"下了齐鞍深的大雪"？他毫不怀疑，眼前即使是平地上的积雪，也能陷没自己的坐骑。真不知下边配种站那两个老人的日子是怎么过的——在这条被冰封雪盖的偏僻山谷里，他只有这么一家邻居呀。无论如何应该去看看他们，别让大雪把两个老人封死在屋里了……

吐拉帕依开始挥舞起木锨来。他已经拿定主意——赶紧先把门前的空场地开大一点，把那些通道上的雪清除干净，再把屋顶上的积雪推去。做完这些，中午以前，一定得去配种站看看那两位老人。

按说雪后初霁，天气应当寒冷难耐。然而，今天天气有点反常。瞧，这会儿，太阳笑眯眯地望着一片玉色世界，早已把清晨的寒气驱尽。漫山遍野的雪花，在温暖的阳光照射下，闪耀着五颜六色的光芒。吐拉帕依明显地感觉到热了，他顺手脱去了外套，只穿着一件羊皮坎肩在那里干……

吐拉帕依刚刚打通通往柴堆和畜圈的两条小径，身后突然传来妻子的一声惊叫。他从那峡谷似的雪墙中急急奔回门前的空场地，只见妻子已经从屋里蹿了出来，怀里还搂着裸露着一只小腿的孩子。显然，她是刚刚来得及从摇床上解下孩子，便扑出门来的。

"怎么，天塌了还是咋的？"

他莫名地望着惊慌失措的妻子。

"还出什么洋相，你的房顶要塌了！"

妻子本能地搂紧了怀中的孩子，愤愤地说。

他丢下手中的木锨抢进屋里——靠门的那根檩子的确现着一道白色的裂痕，他早就发现那根檩子比其他两根是弱一些，可谁能想到居然经受不住一场大雪。这下可好，整个木屋像一个病魔缠身的老人，每一个关节都在吱嘎作响，似乎时刻都有坍塌散架的危险。

吐拉帕依走过去，驱走了那只在黑羊皮大衣里酣睡的灰猫，从床上抱出大衣蹚身出屋，一把丢给了妻子，让她把孩子裹好。于是，他疯狂地刨起柴堆上的积雪来了——在那里，压着几根权且充当顶梁柱的杉木……

冬日的太阳的确很懒——喜欢晚出早归。然而，一旦它露出头来，脚步又是那样的匆忙，总想草草走完一天的旅程。也许，这又是它惰性十足的另一种表现？这不，当吐拉帕依支好了柱子——顶住断梁，又将屋顶的积雪推去时，日头不觉已是正午。吐拉帕依从屋顶上下来，妻子早就烧好了午茶在等待他。他已经筋疲力尽。然而，他从清晨到现在，还没顾上去下面的配种站看看那两位老人。他不免为此着实有些内疚。

"瞧这雪，把咱们都折腾得够呛，真不知那两个老人怎么样了。"

妻子一边给他倒茶，一边说。

"是啊，我这就去看他们。"

吐拉帕侬搪塞着，草草吃了一点，习惯地吻了吻在摇床上重新熟睡的孩子，便蹬上滑雪板出发了——坐骑可是无法破开这么深的积雪。

吐拉帕侬滑过了隐匿在厚厚的冰雪之下的小溪，向配种站方向滑去。配种站坐落在两山之间一片弓形缓坡那边的一个小洼地里，从这里是无法望见的。不过，只要登上缓坡的弓顶，从那里既能看到配种站，也能望见他自己的养蜂场。

太阳暖融融地照着大地。偶尔，从上边很远的峡谷里传来轰轰的雪崩声。吐拉帕侬并不为此感到惊诧——每场大雪过后总是这样，从那峡谷里时时都会传来雪崩声。这场大雪是罕见的，自然少不了要多听几次雪崩声了。他想，不过这一带倒是一向平静，还从来不曾发生过雪崩，也用不着担心什么。

虽说这弓形缓坡坡度不大，但在眼下，吐拉帕侬滑起来还是顶吃力的。当然，只要他滑上缓坡的弓顶，往那边他就会像一只鹰似的飞将下去。

离缓坡弓顶越来越近了。

当吐拉帕侬又一次举目望去时，他突然看到了奇迹——一缕蓝色的炊烟，的的确确是一缕蓝色的炊烟——正在从缓坡那边的配种站方向袅袅升起。吐拉帕侬周身的热血忽然奔涌起来。啊！不管怎么说，老两口还算活着，我的邻居还活着。而且，一定是活得很不错的。不知妻这会儿是否也看到了那缕蓝色的炊烟……

吐拉帕侬不觉停住了。他回首望去，视野里除了一片雪原，再也看不见什么了。唯有一片淡蓝色的烟雾，从那遥远的雪原一角冉冉飘升。他凭本能断定，那就是他的家。他的妻，他的孩子，就在那里……

吐拉帕依重新向缓坡弓顶滑去。当他终于登上缓坡弓顶的时候，在他眼前展现的，依旧是一片茫茫的雪原，并没有他所熟悉的配种站的轮廓。吐拉帕依不免有些怅然。你呀，雪，可真有魔力！他在心里窃窃地骂了一句，便像一只扑向猎物的鹰，冲着升起蓝色炊烟的洼地飞去……

突然，大地仿佛痉挛似的颤抖了一下，一声巨响平地而起。刹那间，整个山谷——不，不，整个世界便被如烟似雾的雪尘弥漫。那被雪尘卷起的隆隆的轰鸣声，在两山之间久久地、久久地回荡……

太阳开始西斜的时候，一架直升机出现在山谷上空，那是救灾指挥部派出的巡逻机。

机上的人立刻发现在这条山谷里已经发生雪崩。同时，他们又发现，在这笼罩着死一般寂静的冰冷世界里，绽露着一块惹眼的红色。按照地图上的标记，这里曾经是有人家的——他们决定下去看个究竟。

当直升飞机快要接近地面的时候，机上的人辨清了，那是一只盖着红被的摇床。

他们放下舷梯，送下两个人来。

当那两个人揭开被头，摇床里熟睡着一个婴儿。一只灰猫，依偎着婴儿红扑扑的脸颊取暖。见到生人，那猫瑟缩着身子，怯怯地喵了一声。婴儿还在熟睡。他那小小的鼻翼随着均匀的呼吸，正在轻轻地翕动着。

"瞧，他可能哭过，哭累了，就睡着了。"

一个人轻轻地说。

另一个人点点头。他环视四周——除了被雪崩连根拔起的树木，和堆积如山的污雪，这里没有留下一丝其他的痕迹。不知这个婴儿的家址和父母又在哪里……

他们相互对视了一下，意味深长地摇了摇头，重新将被头盖好。一个人抱起了那只灰猫，另一个背起了婴儿的摇床，一步步向舷梯走去……

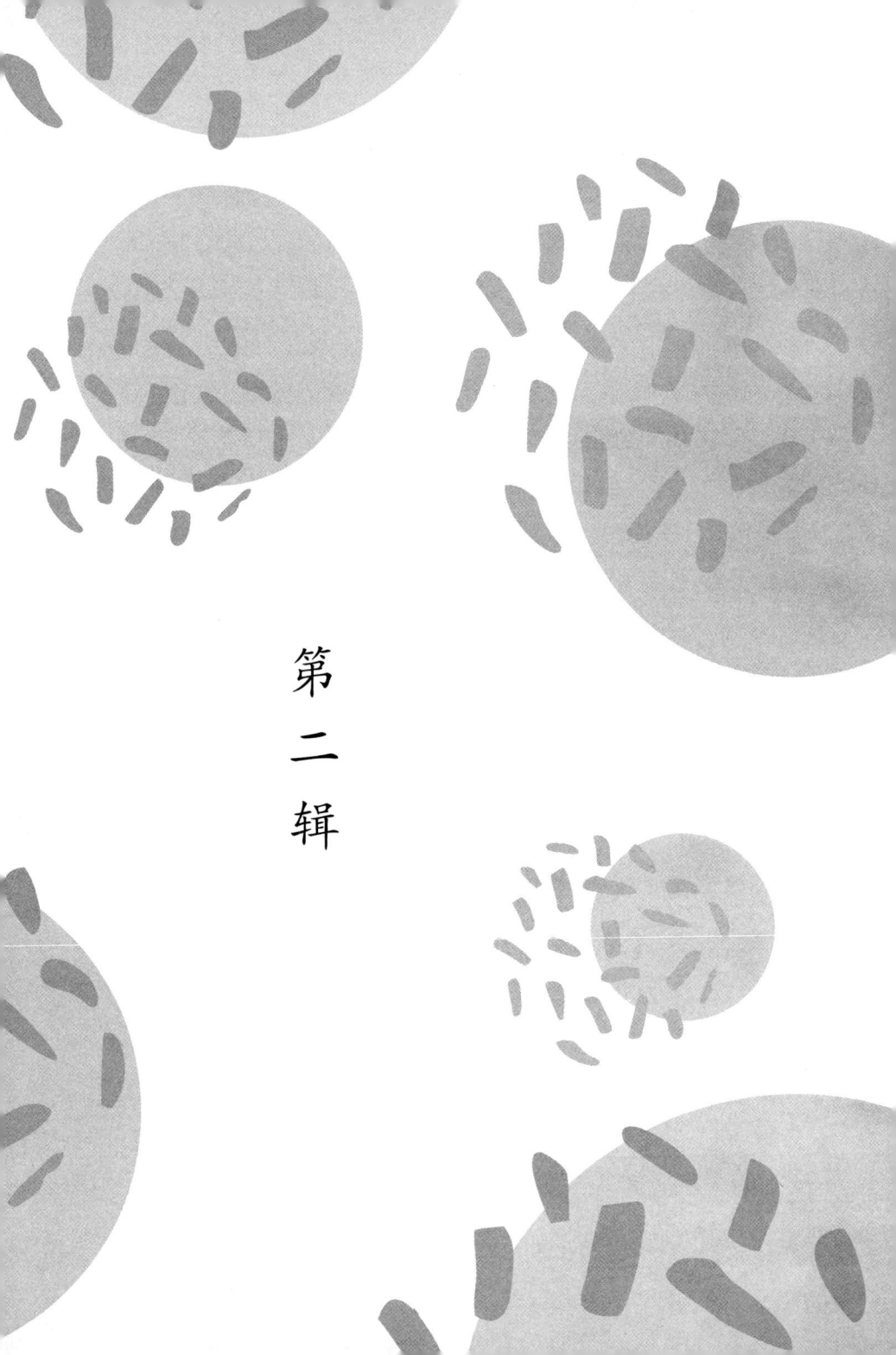

第二辑

红牛犊

"那红牛犊都两岁口了，来年就该给咱生犊产奶了，你们爷儿俩哪怕就是奔到天边也得把它给我找回来呀，我还一直指望它会成为一头乳汁丰盛的好乳牛呢……"

祖母再三叮嘱我和叔叔。她的确太爱那只红牛犊了。我也喜欢那只红牛犊，还在它整天只会在门口的草滩上撒欢的当儿，我就已经驯服了它，骑在背上一点也不胡闹。后来，红牛犊长成了一只真正的大牛犊，就是说，它已经彻底断奶了。祖母便让我和祖父把红牛犊牵去，合到即将迁往夏牧场去的姑姑家的牛群里。我们家（我指的是祖父家）是去不了夏牧场的。祖父要在这里守着冬草场，叔叔是牧场粮仓保管，我呢，因为城里学校停课，才到祖父家来帮助干活儿的。那红牛犊可以在夏牧场上逍遥自在地过上一夏，长长骨架，来年就可以发情产奶了。可是，就在牧人们刚刚从夏牧场转场回来，姑姑家托人捎来了话，说那只红牛犊突然走失，虽多方寻找尚无下落，希望我们也能沿山脚地带协同找找。

祖母自从听到这个消息，便开始成日介絮絮叨叨。她说那是一只多好的红牛犊呀，她一辈子见过的牛犊多了，可就没见过几只像这红牛犊的。有时说到火头上，她甚至埋怨她的女婿（姑夫）没有真心看好。不然，牛群里的牛一只不缺，怎么独独走失了我家这只红牛犊。祖父发话了。"那畜生是长着四条腿的生灵，"他说，"它才不管你是不是真心看护，它的头偏向哪边，它的蹄子就会迈向哪边，能不走失吗？何况草原上走失一两头牲口是常有的事。还是多方找找吧，不要为了一头牲畜在亲戚间生隙。"

祖母沉默了。

于是，我们决定沿着山脚地带寻找那只红牛犊的下落。不过，祖父是无法出门的。眼下已经入秋，所有的畜群都转到秋牧场上来了。有些地段秋牧场干脆和他看护的冬草场连在一起，只要稍不经心，那畜群便会闯进来的。尤其那些白天无人看管的大畜，更是成天给他找事。他是无论如何也脱不开身的。祖母嘛，一则年事已高，行动不便；再则灶头上的事离不得她，她一出门，我们几个就别想吃饭。为此祖母每每想起来就要把叔叔絮叨一通："看你，还不快些给我娶个媳妇过门，我都已经是半截身子入土的人了，还围着锅台团团转，你什么时候能让我省了这份心，享几天晚福呢？"每当这时，叔叔便会慢悠悠地端起茶碗，哧儿地喝一口奶茶，诡谲地一笑，说："我明天就给您接个天仙过来，那时只怕您又成天担心她不是被烟呛着了，就是被火燎着了，还要自己跑出跑进呢。"于是，祖母便会仰头哈哈大笑，有几次甚至把眼泪都笑了出来。不过，有一回叔叔突然把手中的茶碗一撂，很不耐烦地说："您怎么总是唠叨这件事儿，您还有完没完，外边的事儿就够烦人的了，回家我想清静一会儿呢。"那是个中午，没想到祖母顿时勃然大怒："怎么，心烦啦？不痛快啦？我是把你当作男儿生到这个世界上的，如果你还有点血性，就别把在外边自寻的烦恼拿到家里来撒。当初你不听你父亲和我的忠告，既然你有本事做得出来，那你就自个儿担当得起吧。"祖父从一旁插了进来："罢罢，过去的事儿都过去了，娘儿俩还吵个什么？"叔叔却霍地起身，拿起马鞭跨出门去，翻身上马落下一鞭，一溜烟尘消失在远方。祖母也不听祖父的劝慰，坐在她心爱的黄铜茶炊旁（这还是她年轻时一同过门的嫁妆），一边给自己倒着热腾腾的奶茶，一边还在冲着门外骂个不停。然而，到了晚上，当叔叔在门前勒住坐骑时，她竟迎上去爱抚地吻着他的前额。

至于我，虽然我自以为已经是个十三岁的大男子汉了，可是看得出我在祖父祖母的眼里不过还是个毛孩子。再说这些年来我又一直在城里读书，他们更是不肯相信我一人出去能寻出个什么结果来。"你还小，孩子，眼下这世道又这样乱，你一个人出去别说找回红牛犊，只怕把你自己也走失了。"祖母就是这么说的。我当然不服。可她说："这又不是你走惯了的乌拉斯台山谷，既然要找牛犊，就要到你还不曾去过的陌生地方，所以，最好还是等你叔叔有空，你们爷儿俩一起去找。"

叔叔却总也没有时间。

他说他很忙。我也不知他一天到晚在忙些什么。在我看来，他只会骑着那匹霜额马到处兜风，向所有草原上的人炫耀他那匹快马而已。这不，直到今天，他才总算有了时间。

九月的草原看得出日渐憔悴、枯黄，仿佛因已经听到一天天迫近的连绵的秋雨声和寒冷的冬天的步伐而感到焦灼不安。在清晨的阳光还没有来得及落下的那些沟沟坎坎的背阴坡里，依然凝聚着点点白霜。那是大地对昨夜的记忆。只有那莫名其妙地嵌进草原深处的一片片冬麦地，泛着与这秋天的容颜并不协调的绿色。

天空蓝得奇特，蓝得耀眼。在蓝色的天际深处，隐隐地透着一股寒气。

一大群椋鸟含混地鸣叫着飞来，黑压压一片落在了路旁的羊群里。大概这是它们在即将飞往南方的前夕，最后一次光临羊群，为它们拣拣软螕以尽天职。那羊群似乎也早已心领神会，纷纷停住了吃草，昂起头来，让这些伶俐的鸟儿啄去附于额际的烦恼——软螕。在羊群的那边，便是散散漫漫铺满草原的牛群和马群了。那牛群里有无数的红牛犊。可就是看不见自己家的那一只。

叔叔自从早上出门以来心绪一直很好，他不断哼着一支快乐的小调儿，这是一支既古老而又永远清新的小调儿。然而今天在叔叔唱来，全然失去了原有的快乐色彩，充满了一种热切而又哀怨的情调儿，犹如一只落队的孤雁，在无际的长空嘎嘎悲鸣，茫然无措地向天边飞去，让人听着忍不住心头涌起层层热浪，鼻根却是阵阵发酸。这便是不知被哈萨克人唱了多少年的《从喀喇套山转来的迁徙队伍》那支老歌。他已经好些时候不曾有这样的心绪了。叔叔原来是牧场基建队的技术员，现在他担任了粮仓保管。可他一直郁郁不乐，我也不知什么原因。

其实，叔叔原是个生性快乐的人。在我记忆中，他成天总是乐呵呵的。牧场里男女老少无人不喜欢他的这种天性。那会儿,他还在牧场基建队,我每次暑假回来,总能在正墙上看到一份新添的奖状。那上面用汉文毛笔字工工整整地写着——托列甘同志,因在××工作中成绩突出,特授此状,以资鼓励。我是很喜欢叔叔的,并且一直在为他暗自感到骄傲。

叔叔卷了一支莫合烟,歪坐在马背上,漫无目的地凝视着远方。他已经不再唱歌了。霜额马一丝不苟地迈着它那狼一般轻捷的步子。叔叔吐了口烟,忽然收回视线望着我说:"你懂得什么叫寂寞吗?"

我说:"我一个人放羊的时候,常常感到心里憋闷得慌,极想见到一个人——随便什么人都行,只要能和我说上几句话就可以了。也许,这就是你所说的那个寂寞?"

他笑笑,摇摇头。

我茫然了,不知道自己说对了没有,更不明白他怎么会对我突然提出这个问题。小路已经送我们登上了一座低矮的山梁。我说:"叔,我们今天一直要走到哪儿?"

他说:"红牛犊在哪儿,就走到哪里。"

"如果红牛犊跑到天边去了呢?"我故意说。

"那我们就一直走到天边。"他说。

一只云雀突然从路边的芨芨草丛里腾空飞起,舒展着双翅鸣唱开来。也不知在这秋天里,它怎么还没有离去。

没有看到红牛犊。

当我们登上又一道山梁时，发现前边的山坳里有三个汉子并辔而行。"快，"叔叔说，"赶上他们，问问有没有看到我们的红牛犊。这些人说不定会知道点消息。"

于是，我们俩同时落下一鞭，两匹马扬起一路烟尘驰下山坳。那三骑也登上了前边的另一道山梁。还未及我们撵上山梁，那三骑已经消失在山梁那边了。

山梁下，竟是一条涓涓细流。沿着细流两边的草滩，坐落着五六顶灰色的帐幕。那帐幕旁少说也有两三百匹坐骑拴在那里。刚才那三骑看来也是投那里去了。帐幕前，只见穿红着绿的大姑娘小媳妇们进进出出。

我们在山梁上勒住坐骑，稍稍停了一下。"啊哈，喀喇布拉克原来今天有喜宴呀，"叔叔的眼睛一亮，说，"走，咱们也下去吃喜去。"

"咱们又不认识他们，何况也没受请。"我讷讷地说。

"嗨，哈萨克只认得喜宴，哪家有喜只管在他帐前下马就是了，还管他邀请没邀请。"叔叔说着，已经策马朝那个阿吾勒（哈萨克人的村落）走去。

"那红牛犊呢？"我拨转马头跟上来说。

"吃罢喜宴就去找。"叔叔说。

两个汉子迎上来把我们扶下坐骑，缰绳也被他们接了过去。

我们被引进了居中的一顶帐幕。当然，还在帐前就洗过了手——一位年轻后生手持水壶、毛巾恭候在那里，他的职责就是让每一位来宾先净了手再入席。看得出一切都是按照老规矩办的，就像吹过哈萨克草原的风儿一样显得自然。

叔叔被让到了上席。我自然坐在了靠近门边的那个永远属于小辈人的位置。不过,落座前,我跟在叔叔后边,向在座的每一位长者都握手道安。是祖父教我这样做的。他说:"你已经是个男子汉了,一个男子汉,首先应当学会的是敬重长者,向长者道安。无论你走到哪里,无论你是否相识,只要遇见长者,就应当首先伸出你的右手,真诚地向他道安。一个不会向长者道安的人是永远算不得哈萨克的男子汉的。"这些人好像和叔叔都很熟悉,只是我看来让他们感到有些陌生。当我和他们一一握过手,刚刚回到方才的位置上坐定时,一个同样坐在上席的麻脸汉子忽然冲我问道:"我说,这位小伙子从哪儿来呀?"

"从乌拉斯台来。"我说。

"唔,那说说你是谁家的孩子。"麻脸汉子审视着我。

"是我爷爷的孩子(哈萨克习俗,长孙都要寄养在祖父家中,长孙懂事后,便自称是爷爷的孩子)。"我说。

"你爷爷叫什么名字。"

"聂斯甫哈孜。"

"噢,看来你可是个大好人家的孩子,怪不得生得这么机灵呢。那么,你能说得出你是哪个部落的吗?"

"我是贾拉伊尔部落的。"

"是哪一支呢?"

"图尔勒拜支。"

"不错,不错,好人家的孩子就是这样懂得规矩。小伙子,你已经算得上是个哈萨克的男子汉了。不过，有一点我还不太清楚，就是在城里戴眼镜的那个医生——那位米吉提先生，又和你有点什么关系呢？"

"是我兄长（哈萨克习俗，长子讳称自己的生父为父亲，改而雅称为兄长）。"我立即回答，甚至有点惶恐。

"哈哈哈……不错，不错，你的兄长也是个有口皆碑的大好人哪。"

麻脸汉子这么一说，满屋子人哄堂大笑起来，就连叔叔也笑了。我感到我的双颊在火辣辣地发烧。我是被捉弄了。我真想发作一通。其实这些人完全了解我的底细，可我还以为他们对我很陌生呢。好在这时正好茶毕，送上肉来，在座的人注意力都转到盘中的肉上去了，从而给我解了围，使我摆脱了尴尬的境地。不然，我真说不准我自己会闹出什么事儿来。

然而，那位蓄着一蓬花白胡须、一直在一旁含笑不语的长者，刚刚捧起羊头，便割下一只羊耳递给了坐在他近旁的一位晚辈——"喏，把这只羊耳传给那个他爷爷的好孩子。"说着，还冲我挤眼笑笑。我只好接过那只羊耳。于是，一块块的羊肉、羊骨全朝我递来。看来他们都喜欢我，可我已经有点应接不暇了。

后来，他们就喝起酒来。我讨厌酒气，悄悄溜出帐来。帐外尽是那些奔忙不迭的主妇们，和那些叽叽喳喳、拥来拥去的姑娘们。没有能和我相耍的男孩儿——所有的男人都还在帐内吃酒呢。

几只狗十分亲热地朝我跑来。看来是我手中那根还没有啃完的骨头招引了它们。我索性不再啃了，把那根骨头在它们眼前晃来晃去，一直把这几只狗逗引到柴堆那边，突然将那骨头远远地抛出去，几只狗一起扑向那根骨头的落点，随即撕成一团。我很得意，就近坐在柴堆上，欣赏着自己导演的这出游戏。当然，在这附近是见不到我们的红牛犊的。

当日头开始倾斜的时候，叔叔终于摇摇晃晃地从那座帐幕里走了出来。他满脸通红，拖着他那根镶着明晃晃铜饰的马鞭朝这边走来，在他身后跟出几条醉醺醺的大汉。看来他们是把后来又送进去的那几瓶酒也喝了个底朝天才出来的。婚礼的游戏差不多都已经结束了，什么姑娘追啦，摔跤、角力啦，飞马拾银元啦，统统过去了。只是因为地形关系没有赛马。叔叔什么也没看上，什么也没参加。听说还有叼羊。那些汉子们一个个早已上了马背，只等婚礼的主人抛出羊来。草滩上就剩下一只虎纹色犍牛和几匹马——自然是我和叔叔还有这几位醉汉的坐骑了。霜额马发现叔叔出来，从草滩上咴咴地朝着这边嘶鸣。叔叔朝草滩挥挥手，迈着十分滑稽的步子走到我身旁，一股浓烈的酒气顿时扑鼻而来。他亲昵地拍了拍我的脑袋，嘴里却含混不清地说着："我说艾柯达依（昵称），你觉得怎么样啊？没有寂寞吧？"那个麻脸汉子跟在他身后，这会儿也冲我挤挤眼。

我笑笑。"叔，红牛犊呢？"我说。

"红牛犊？对对，还有咱们的红牛犊。今天的婚礼搞得不错，库肯（对婚礼主人的昵称）家酒肉备得很足，唔唔……"叔叔一边夸赞着，一边打着酒嗝，脚下站也站不稳。"红牛犊，红牛犊，要找咱们的红牛犊，去牵马吧，艾柯达依，咱们是该上马了。"叔叔说着，站在那里撒起尿来。正在那边帐前忙碌的几个小媳妇，见状尖叫着蹿进帐幕里去了。

四周全是涌动的马队。每一座低矮的山梁上都出现了一群群的骑手，呈散兵线形黑压压地朝这草滩的阿吾勒卷来。而在婚礼主人的帐前，早就挤满了上百个骑手，他们纷纷高呼着"阿门，阿门"，催促主人抛出羊来。主人家还在昨天晚上就把一只白山羊宰了，浸在那条喀喇布拉克细流的水湾里（经过一夜的浸泡，那山羊皮就会变得像皮条一样耐扯）。忽然，那挤在主人帐前的骑手们一阵骚动，险些把那帐幕踏翻。转眼，一条汉子拖着那只白山羊冲出人阵，宛若一支离弦的箭，沿着草滩向下驰去。于是，所有的骑手狂呼着，纷纷拨转马头，尾随着那一骑紧紧追去。霎时间，整个阿吾勒上空弥漫着从马蹄下扬起的滚滚烟尘，与那骑手们一阵高过一阵的疯狂的呐喊声交织在一起，构成了一个密不透风的灰网，把这方才还沉醉在婚礼酒宴里的喀喇布拉克草滩罩在里边，让人禁不住浑身热血沸腾，刹那间就想冲出这张灰网去。

"啧啧，好样的，好样的。好久没叼羊了，我的两胯都有点发痒，我说上马吧麻子，咱们今儿个玩个痛快！"叔叔目送着那位携羊卷进尘烟里去的骑手，咂巴着嘴兴奋地说着。

"可我是骑牛来的，托柯（叔叔的敬称）。"那麻脸汉子说。

"骑牛？你的马呢？"

"谁知道这年月里还会有叼羊这等好戏，我是从羊群边上赶来的，甚至连鞍子都没有备。"

"是啊，是啊，有牛也不错，快上牛吧，我可怜的麻脸老兄。"叔叔快活地说。

"叔，那红牛犊呢？"我说。

"待我把那羊夺过来就去找。"叔叔说。

叔叔摇摇晃晃地接过了缰绳。可是，一扶上马背，还没来得及在鞍上坐稳，便落下一鞭飞驰而去。我立刻策马衔尾追去。那麻脸汉子骑着他的虎纹色犍牛早落在了身后，前面什么也看不清，只有遮天蔽日的烟尘在涌动、翻滚……

当我们追出喀喇布拉克沟口的时候，那叼羊的马队早已驰向遥远的果子沟口。这里只剩下一些懒得追赶的骑手，他们拥在一处辟有墓地的高坡上，欣赏着叼羊的骑手们的角逐。叔叔好像已经彻底酒醒，他也在高地上勒住坐骑，望着那越去越远的叼羊的骑手们，颇为懊丧地摇着头。

太阳匆匆地朝着极力跃出这层层的褐色山梁，露着一片洁白峰巅的喀喇嘎依特山背后滑去。从果子沟口吹来的晚风已经呼啦啦地刮过这里。那漫山遍野的秋草禁不住一阵阵地瑟瑟发抖。那从高坡底下一直伸向遥远的公路边缘的冬麦地里，也漾起了一层层绿色的细浪。晚风在我坐骑的鬃尾间滑来滑去，忽而把它长长的秀鬃吹得零乱，忽而又给它理顺。这牲灵极不耐烦地剪动着双耳。然而高坡上的人依旧不肯离去。

"完了,这下那羊肯定是被果子沟的汉子们叼去了。"不知有谁说了一声。

"你以为咱们牧场的人就没有一点能耐吗?!"叔叔显出莫名的激动,几乎已嚷了起来,令我也在一旁感到奇怪。

"你又不能插翅追上去呀,我的托柯。"那人笑道。

"哼,我就不信,不然我早就寻找我的红牛犊去了。"叔叔还是不服。

"嗨,这就对啦托柯,还是趁早找你的红牛犊去吧,我想那一定是个极漂亮的红牛犊(哈萨克语,原话此处应为库那金,一般暗指少女)。不过,我倒是挺想知道事到如今她究竟躲在哪一顶鲜为人知的帐幕里迟迟不肯露脸呀。"

"你侮辱人。"只听叔叔咬牙切齿地说了一句,一刺马肚,手起鞭落,打在了那条汉子的脊梁上。那汉子险些落马,歪了下身子复又坐正,挥舞着马鞭反扑过来。当下里马嘶人吼,鞭声呼啸,两条汉子在马背上扭在一起。高坡上顿时乱作一团。我在一旁束手无策,不知如何是好。忽然,我发现了一个奇迹,一个真正的奇迹——一个骑手,鞍前横驮着那只白山羊,从果子沟口的方向飞驰而来,看着就要到高坡底下了。在他身后,逶迤涌动着无尽的马队,宛若一条黑色的巨龙滚滚而来。

"那羊被夺回来啦!"我发现自己异样地大呼了一声。

高坡上顿时静了下来。有那么一会儿，他们一个个愣怔在那里，不知究竟发生了什么。刹那间，是叔叔第一个驰向了坡底。那些骑手好像这才醒悟过来，纷纷策马跟下坡去。那骑手身后已经有几骑撵了上来，一位骑手甚至俯身够着了从他胯下露出的羊腿。骑手们全然顾不得缰绳了，听任坐骑载着他们歪出路面，拐进麦田里去了。

高坡上的骑手们跟着抢进了麦田。

那从后面追来的骑手们陆续赶到。于是，一场真正的争夺在冬麦地里展开。已经没有人记得这里是冬麦地，只是那圈子越围越大，越收越紧，谁也别想从中突围出来。就在这时，那个麻脸汉子骑着他的虎纹色犍牛赶到了。"闪开！闪开！"他得意地大声呼唤着，朝那个圈子里挤去。没有人理会他的喊叫声。然而，正是那头满嘴吐着白沫的虎纹色犍牛，硬给他破开了一条通往圈心的通道，转眼又从圈子里冲了出来。我从来没有见过犍牛也会有这等雄威——只见那只白山羊明晃晃地横在麻脸汉子前面，任凭骑手们左右夹击，那犍牛虎虎地晃晃它巨大的犄角，不让任何一位骑手轻易靠近。

他们俩配合得多么默契呀，我简直惊呆了——那麻脸汉子才刚刚靠近冬麦地边，叔叔忽然从一旁闪了出来，接过那只白山羊，便一溜烟消失在切过墓地的弯道那边了。今天我才亲眼看见了霜额马奔驰的奇姿，它简直像一条黑绒铺展开来，又像一阵劲风卷过山岗。

所有的骑手潮水般朝着那条切过墓地的弯道压了过去。

我也被这汹涌的潮流卷走了。

……

在一个山洼那边，我和几个牧场的骑手追上了叔叔。他正信马由缰缓缓行走，显得十分自在，只是不见了白山羊。

"叔叔，羊呢？"我急不可耐地问道。

"我说艾柯达依，咱们的红牛犊今天算是找着了。"叔叔望着我笑道。

"喂，好汉，羊呢？"这时，从后边又跟上来几个牧场的骑手。

"给了卡布丁书记了。"叔叔说。

"卡布丁书记？"骑手们不觉一愣。

"正是卡布丁书记。"叔叔说，"我刚才从喀喇布拉克源头翻过山梁时撵上他的，他说到公社开会来着，我就不由分说把羊塞给了他。他的马快，不然他们会追上我的。"叔叔说罢，自顾自吹着一支轻快的小调走在前面，对谁也不作答。一大群牧场的骑手簇拥在后，与落日的余晖一同翻向了乌拉斯台山谷。

在一片苍茫的暮色中，我们终于回到了自家的拴马桩前。

祖母正在那边给花母牛挤奶。

"孩子们，找着红牛犊了吗？"她急切地问。

"我们找遍天下也没见您的红牛犊的踪影。"叔叔一边给霜额马松着肚带，一边说。

"说说你们都走了哪些地方吧。"祖父从羊圈那边走过来说。

"爹，我没说吗，我们差不多走遍了天下。"叔叔在给他的霜额马梳理着鬃尾。

"真主啊,怎么偏偏走失了我这一头红牛犊呢,呔!"祖母拍了一掌花母牛,大概它是走动了一下。

祖父默默地走到门口靠在墙根蹲了下来。祖母还在絮絮叨叨,我却在一旁含笑不语。

掌灯时分,家犬一阵紧吠,接着从马背上传来一个汉子的声音:"托柯,喂,托柯,快走吧,那白山羊卡布丁书记丢在麻子家帐前了,他们已经把肉下了锅,让我叫你吃份子去(哈萨克风俗,叼羊回来,由出力的几个骑手分享)。"

祖父和祖母闻声不由得先是面面相觑,尔后会心地笑了起来。"看来你们爷儿俩真是为了给我找红牛犊跑遍了天下,快去吧,别少了你们份子。"祖母搁下手中的茶碗,冲着叔叔笑道。

我忍俊不禁,跑出屋来,马背上竟是那个在高坡上与叔叔要以马鞭见个高低的汉子。

古　洞

萨尔赫德感到最痛苦的，莫过于上历史课了。

有一次，他终于按捺不住举起手来。

"有什么问题，请说吧，萨尔赫德同学。"

历史老师停住讲课，拍了拍手上的粉笔灰说。

"老师，您怎么不讲讲关于我们哈萨克人的历史？"

萨尔赫德站起来，望着历史老师那副宛如在宁静的水潭激起的层层涟漪般凝聚着无数圆圈的眼镜，急迫地说。他那尖利的嗓音，可以说和同班的男生一样，还完全是一副标准童音呢。

"哦，"老师点点头，"我这是在按统一教材讲课，明白吗？好，请坐下继续听课，萨尔赫德同学。"

萨尔赫德和往常一样，已坐在门前那棵老柳树下做作业。每当下午放学回来，只要天气晴朗，他总要坐到这棵老柳树下来做作业。

然而眼下，不知怎么，他那颗心空落落的，一点也没有心思做作业。准确地说，他像一只慵懒的小猫，趴在桌上，茫然望着喀什河对岸的低矮山峦出神。

那是一条逶迤无尽的褐色山脉。不像遥远的喀什河源头的唐布拉、阿尔斯朗的雪山草原那般翠绿欲滴。他对那里的一切太熟悉了——每年夏天放暑假，父亲都要把他送到那里去消夏的。倒是从他记事起，对岸这座低矮的山峦只是会在春天里泛出一层绿来，一到夏天，便会被阳光烧得焦黄，瞧上去好不让人伤心。不过，眼下他才注意到，对岸的山峦直到今天仍是一片鲜绿，他不免有些激动。也许是今年入夏以来，连绵的雨水给那山峦保住了这层惹人的绿装？可他那会儿没少埋怨过天公——那雨一场接着一场下个没完，简直让他没法在这棵老柳树下自由自在地做作业。就连他最喜爱的体育课，也常常因下了雨而被迫延搁。哪想雨水竟会给这山峦保住绿装，真有意思。这山上还有没有遍地绽放的郁金香？应该约几个伙伴上去看看才是。

他决定做完作业去找伙伴们。

灰白色的天山群峰，像一排排凝固的滔天巨浪，从遥远的天边滚来，又向遥远的天边荡去。正是冰山融雪季节，附近的雪线早已褪去，只是在目之所及的远方，依稀可以瞧见洁白的雪峰。

萨尔赫德完全被眼前的景致镇住了。他从没有想到世界竟会如此壮观，每往上走一步，眼前的世界便向他展示出新的一层奥秘来，似乎在向他炫耀什么，又似在向他窃窃地诉说什么。

伙伴们早就跑上去了。每人手里都捧着一捧金灿灿的郁金香，从山顶上向他摇晃，召唤他快点爬上去。可他已经彻底沉浸在这层出不穷的群山的磅礴气势里了。他惊奇地瞪大了眼睛，环视着这个世界。

蔚蓝色的喀什河水像一条玉带，在山脚蜿蜒。河对岸的县城，犹如画布上的一小块画那样显得十分滑稽。而天山群峰下的丘陵草原，在阳光下伸展着绿色身姿，显露着无数条柔和曲线。隐约可见的点点白色帐幕，犹如一个个迷人的梦境在他眼前闪现。他甚至看见从一座舒缓的山岗下升起的蓝色炊烟……

萨尔赫德终于爬上了山顶。说是山顶，其实这只是一个平台，在平台那边又凸起一座山梁。而这一座山梁，是平日里从他家门前的老柳树下望不见的。伙伴们正在那里撒欢——像几匹野马在那里奔来奔去，还时不时学一声马的嘶鸣。他不想夹进马队里去，索性仰面躺在草地上，默默地望着蓝天出神。最后，他干脆闭上了眼睛。

不知过了多久，伙伴们跑回到他的身边，摇晃着他：

"起来，萨尔赫德，起来，我们在那边发现了一个山洞！"

"山洞？在哪里？"

萨尔赫德一听山洞忽地坐了起来，他还从没有听人说起过这一带山上也有山洞。

"在那边。"

伙伴们顺手指了指山嘴那边。

"有多大？"

"反正好大好大，你我都可以进去。"

"你们进去了吗？"

"没有。"

"走，那我们一起进去。"

萨尔赫德从地上蹦了起来。他全然忘了应当也去摘上一捧郁金香，却带头朝那个伙伴们发现了山洞的山嘴那边跑去。

看来这是一个非同寻常的山洞，他们几个人在从洞口透进的光亮最后消失的地方不得不站定了。眼前漆黑一片，什么也看不清，让人无法断定这洞究竟有多深，它的尽头会在哪里。

"不行，不能再往前走了，咱们下个星期天带上手电来闯一闯。"萨尔赫德在黑暗中说。不过，他心里却在极力说服自己："不，你这不是胆怯，绝不是……"胸口那只灰兔，却由不得他的管束，在那里上下胡乱扑腾。

"那时候，张骞第二次出使西域，来到乌孙国……"

历史老师把课本翻了一页，随手扶了把眼镜，说：

"对了，那天萨尔赫德同学问起关于哈萨克人的历史，这乌孙，就是最早的哈萨克。"

所有的同学都把目光投向了萨尔赫德。从窗前透进的一缕阳光，正好照在他的脸上，使他的双颊看上去微微发红。

"好，请同学们注意听课，关于乌孙，我们还将讲到……"

萨尔赫德又一次举起手来。

"有什么问题吗，萨尔赫德同学？"

历史老师打了个手势，示意他站起来说。

"老师，在乌孙以前，哈萨克人的历史又怎么讲？"

"关于这一点，萨尔赫德同学，据我所知，没有史料记载。"老师注视着这个双颊变得通红的孩子,"没有史料记载的历史,是难以说清的。好,请坐下。下面我们继续讲课——那时候,自从张骞第二次出使西域,来到乌孙国,乌孙昆弥便和汉室联姻,先后有两位汉室公主远嫁这里……"

手电筒的白光唰地一下亮了起来,那刺眼的光柱直挺挺地撞在洞壁上,接替了消失在背后的最后一缕光线。

显然,山洞在不远的地方诡秘地拐了个弯,那弯道后面究竟隐匿着什么,洞壁上那些突兀的嶙峋怪石并不肯轻易告诉他们。山洞里静得出奇。就连他们刚刚走入洞内时,杂沓的脚步声震起的嗡嗡的回音,也转瞬消失得无影无踪。唯有一股幽幽细风,悄无声息地从弯道那边袭来,款款地拂过脸面,又向洞口滑去。

"我不走了,我不再往前走了。"

萨尔赫德一下就听出这是谁来了。

"怎么,害怕啦?"他说。

"不,不怕……只是……妈妈要是知道我们到这里来,回家会把我骂死的。"

"得得,甭找借口,你要自认胆小鬼,趁早回去好了。"

"我又没说要回去。"

那伙伴站在暗处,颇为委屈地嗫嚅着。萨尔赫德当然看不清他的面庞,但完全想象得出他那副沮丧的神情来。其他几个伙伴却在一旁吃吃窃笑。

"那好，咱们起誓，无论今天发生什么，谁也不许说要回去——是男子汉把手伸出来。"

萨尔赫德说着，威严地亮出右掌来。伙伴们纷纷把手加上去。

他们就算起了誓。

于是，萨尔赫德打着手电在前引路，伙伴们蜂拥着向山洞深处走去。

才转过弯道，不知是谁绊了一下，倒在前边人的身上。当下他们几个人一个接着一个，全都倒在那里了，活像被雪崩卷起的一片丛林。在倒地的刹那，手电筒从萨尔赫德手里甩了出去。而且，糟糕的是，那手电筒甩出去时居然灭了。最先意识到大事不妙的当然是萨尔赫德。伙伴们只是觉得非常好玩，还在黑暗中起劲地笑，那笑声一直从很远很远的地方传来回声，从而打破了笼罩着山洞的神秘的寂静。

突然，伙伴们几乎同时看到，就在离他们不远的地方，竟有无数双幽蓝的眼睛正在朝这边莫名地窥望。那蓝色的目光一个个闪闪烁烁，忽明忽暗，燃成了一片蓝色的火海。他们谁也不敢出声了，只是本能地相互触摸着挤在一起，惊恐地注视着那不可思议的千百双怪眼。

"萨尔赫德，别吓唬我们了，快打亮手电吧。"

不知是谁在黑暗中窃窃地央求了一句。

"没在手里，刚才摔倒时不小心甩出去了。"

萨尔赫德也禁不住悄声说道。当下他便感到一阵战栗从紧挨着他的身体传来。于是，这种战栗马上感染了自己的躯体——那手脚竟是不由自主地簌簌抖动起来。他试图把令人生厌的战栗从自己躯体逐走，然而他没能成功。他的手脚不觉抖得更凶。萨尔赫德对自己非常恼火，他从没有想到，自己的手足也竟会有这般不服驾驭的时候。

已经有了嘤嘤的哭声。"这下……完了……我们怎么……回去呀，我们怎么……回……回去呀……"这哭声调门儿越来越高，以致整个山洞都在跟着呜呜地哭泣。

"哭什么！胆小鬼。"萨尔赫德忽然发火了，也不知哪儿来的勇气，霍地一下跳起来，"谁怕谁留下，有胆儿的跟我走，没有手电照样闯，我就不信这洞里能有什么吃了我！"

这是一支多么奇特的商队呀。刚刚褪去春毫的骆驼一峰接着一峰，看不见队尾。商队由一个骑着红马的人牵引（远远的，还有几个护送的骑士），那叮叮咚咚的驼铃声悠悠传来，竟是那般悦耳。萨尔赫德怔怔地望着那个骑红马的人。他的胡须蓄得多神气呀，他那身装束，就是在梦境里他也不曾见过。

"你好啊，小伙子。"那个骑红马的人先说话了。

"你好。"萨尔赫德匆忙应道。

"怎么，瞧你这样儿是走失了骆驼，还是走失了马？"

"不，什么也没有走失，先生，我只是想问，您这是打哪里来，又上哪里去？"

"唔，小伙子，"骑红马的人狡黠地眨眨眼睛，"我们从太阳落下的地方来，准备到太阳升起的地方去。喏，尝一尝吧，这是巴格达蜜枣，吃完把枣核串起来，就可以成为穆斯林手中的念珠。"

"谢谢。"萨尔赫德接过那一捧晶莹透亮的蜜枣。

"好,再见了,小伙子,待我们到达太阳升起的地方,一定会让神圣的太阳给你捎来我们的问候。"

叮咚叮咚的驼铃声渐渐消失在地平线上……

风和日丽。萨尔赫德走在一片茫茫的草原上,不时有野马群和羚羊驰过。远远地,还有数峰高傲美丽的单峰驼安闲地散步。萨尔赫德并不想去打搅它们。他登上了一个土丘。土丘虽然不高,但在这一望无际的大草原上,它的高度已经足够让人远眺。

一股尘烟从草原尽头升起。那准是一场罕见的旋风——眼下正是草原的旋风季节。然而,渐渐地,那股尘烟铺天盖地而来,像一股黑色风暴。时才驰过的野马群和羚羊,又折回,向那明朗的草原尽头疾驰而去。那高傲美丽的单峰驼也闻风而逃。还有一大群狐狼虎豹,居然也夹杂在猎物群里纷纷仓皇逃窜。萨尔赫德有些犹豫了,但他毕竟想看个究竟。

抵近了,终于抵近了。竟是一片金戈铁马,刀光剑影。四下里马蹄动地,呐喊声振聋发聩。从马蹄下扬起的尘烟,像一道灰幕将半边天空遮掩得严严实实。萨尔赫德刚刚从土丘上抬起头来,正要看看这道灰幕后边的世界,一支响镝飞鸣而来,刺进了他的喉咙。他当下仰面倒在土丘上……

那幽蓝的火海整片地熄灭,又迅即整片地复燃。分明有一个幽灵般的影子在那蓝色的火海与他的视线之间缓缓移动。萨尔赫德确实在向山洞深处走去。伙伴们只好战战兢兢地起身,一个个摸索着跟了上去。

有人脚下丁零一响。

接着,便亮起了手电。

伙伴们不约而同地欢呼起来。

那从黑暗中不住地窥视着他们的无数双幽蓝的眼睛,连同那一片蓝色的火海倏忽不见了,只有一截截朽木和累累兽骨零乱地躺在那里……

他们终于在一个突然出现的水潭边停住了。从水潭那边可以清晰地听到淙淙的水声,却不知这潭水又流向何方。几块石头扔进潭里,传来沉闷的响声。显然,潭水当真有点难测深浅。山洞却在水潭那边继续延伸。然而,水潭两边全是峭壁,已经无法过去。

"不行,咱们下次非得过到水潭那边去。"萨尔赫德恼怒地说。

"我有办法,下回把我们家旧轮胎打了气划过去。"那个刚刚还在哭着要回去的伙伴献了一计。

"我家也有。"

"我也要搞一个去。"

"好吧,咱们都去准备准备,下回一定过去把那边看个究竟。"萨尔赫德说。

末了,他们为了回去向朋友们证实自己今天的经历,在潭边信手拣了几块造型异样的石头,便退出洞来。

"老师。"

"怎么,遇上难题了?"

"不,老师,我们拣到了一些石器。"

"什么?"

"真的,老师,我们拣到了一些石器。我已经带来了,就在我书包里。"

"好吧,你拿到教研室来吧。"

萨尔赫德快乐极了,他像一阵风,转眼出现在教研室里。

几块石头已经摆在历史老师的办公桌上。

历史老师的那双眼睛,正在从那厚厚的镜片后面仔细地审视着这几块石头的棱角。最后,他把视线移向了萨尔赫德,嘴角隐隐露出一丝笑意。

"不过,萨尔赫德同学,据我所知,到目前为止,还没有任何文献提供在这附近地域发现过石器。当然,你这种勇于探索的精神是值得充分肯定的……"

水电站不知出了什么毛病,今晚停电。只有那飘忽不定的烛光在屋角发亮。看不成电视了。萨尔赫德仰卧在烛台旁边,默默地望着天花板出神。

父亲盘腿坐在一旁抽烟。莫合烟的火星宛如流星,时时坠落在地毯上。

"不会来电了,去睡吧。"父亲说。

"爸爸。"

萨尔赫德侧过身来,并拢了双臂支起下巴,从昏暗中注视着父亲。

"嗯?"

"谁是我们的先祖?"

"狗崽子,我不是还没有送你进校门,就让你把七代祖宗背得滚瓜烂熟了,今天怎么就犯傻了?"

"不,我是说,谁是我们哈萨克人的先祖。"

"喂,我说小子,还是记好你的七代祖宗吧。其余的别说是你,就连我也说不清,只有真主知道。"父亲望着屋角的烛光嘘了口气,"去,还不快去睡觉。"

又是一次痛苦的历史课。他已经全然没有兴致听这门课了。

他不时地用眼尾扫着窗外。他的心早已飞了出去。

一只喜鹊在操场那边的树梢上翻上翻下地叽叽喳喳乱叫。它不是在报喜,它准是发现了一只野猫。他想。

橡皮艇终于一个个靠岸了。

说是橡皮艇,其实都是打足了气的汽车轮胎,只是上面搭了块木板。

刚才,他们并没有把水潭放在眼里。谁知一离了岸,那潭水竟会神奇地漫延开来,浩浩渺渺,似乎再也划不到彼岸。然而那一束束的手电光柱(今天他们每人带了个手电,用绳系好挂在胸前),却又始终清清楚楚地照亮着那由风化石构成的对岸。于是,一双双小手作桨拼命地划动起来,想尽快抵达彼岸。不过,他们总是离岸那么遥远。

萨尔赫德最初把两只手伸进水里,便清醒地意识到潭水冷得砭人肌肤。然而这一切很快离他远去。他只觉得,自己有如独驾轻舟,漂游在一个浩瀚的洋面上。大洋的那一面是什么他自己也不知道。或许是一个人迹罕至的世界?那么他此刻就是要到那个世界里去。洋面上漆黑一团,没有星辰,没有月亮,也从没有见到过太阳。他孑然一身,在这漆黑的洋面上漂呀漂,没有见到一个生命,没有见到一只帆影,不知漂游了多少年代,才登上这个由风化石拱起的陡岸。

山洞像一条深邃的走廊,由陡岸上骤然延伸开去,不时地有一些岔道从旁枝生。在不可企及的远方,有一根白色的圆柱凝然屹立在那里。

一阵高似一阵的号子声像潮水般涌来,还传来几欲击透耳膜的重锤声,不时地火星四溅。哦,石头砸在石头上,居然也能迸出火星,他这是第一次领略。一匹矿面隆隆地坍塌下来。欢呼声在整个洞内激荡。"快,快送原木来!"有人呼喊。响起原木和原木的撞击声,以及将原木夯进洞壁的击打声。

一列长阵蠕动着,开始源源不断地将刚刚坍塌的矿面上的一块块石头搬过去,投进那边一眼燃烧的穴口。人阵就像往来于蚁穴的蚂蚁那般井然有序。这可是在烧石灰?可他见过石灰窑,似乎不完全是这样。应当过去问一问他们。那边正好有个和自己一般大小的男孩,问问他准成。

萨尔赫德向那个男孩走去。

最先逃之夭夭的便是那个男孩。于是，火焰熄灭了，穴口消失了，那一列蠕动的长阵也不知去向。只有那个白色的圆柱依然屹立在眼前。萨尔赫德伸手摸去，却触到湿冷的洞壁——一口竖井从这里悄然升了上去。

萨尔赫德颓然坐在那里，竟看到一轮耀眼的太阳悬在头顶。这是他自从离开那个一望无际的水潭以来，第一次见到太阳。明亮的太阳正从高高的竖井口上探进脸庞，温存地觑视着他。

就是在这竖井底下，伙伴们找来一块石不石、铁不铁的球状物让他识别。他也说不清那是什么，还挺沉。伙伴们要丢在那里，他却硬是背了回来。

雷阵雨依旧是一场接着一场。雨水浇得老柳树下重新长满了绿草。那绿草丛下埋藏着萨尔赫德从山洞里拣回的那些怪物。他再也不想把它们拿去给历史老师看了，索性就埋在了树下。不过这事谁也不知道，就连父亲他也没有告诉。当然更不会有谁能知道这绿草丛下的秘密。

暑假县城里来了一支考古队。那天下午，萨尔赫德匆匆挖出了他那些埋藏的怪物（今年暑假因父亲出差，他没去成夏牧场），约了那几个伙伴一同送到考古队住处去了。

"哟嗬，这个怪物可是叫白冰铜；对对，你们说得很对——这几个肯定无疑是石器。可我要问，这些宝物你们是打哪儿弄来的？"

考古队里一个高高的叔叔接待了他们，在他们面前，他爱不释手地抚弄着他们送去的东西。

"我们在河对面的山上发现了一个山洞，这些东西就是从那里拣来的。"萨尔赫德急迫地说。

"这么说，在这里又有一处古铜矿遗址啦，这太好了，我们明天就上去看。谢谢你们，小朋友，我们就算成了朋友，欢迎你们以后常来玩。"

他们当下从考古队住处出来，一口气跑上了对岸的山峦，把喜讯告诉了他们的山洞。然后，他们便在那个平台上蹦啊、跳啊，玩得非常开心。萨尔赫德甚至唱起了山歌。他们一直玩到夕阳融进起伏的群山，才依依不舍地辞别了他们的山洞。

已经是九月的一天了。萨尔赫德放学回来，一进门就看见父亲端坐在屋里，他激动得差点叫了起来。他把书包一丢，一头扎进父亲怀里，他急于要把考古队的发现告诉父亲。真的，那个高高的叔叔已经告诉他，他们送去的东西和考古队发掘出来的标本一同送回去做了碳14测试，结果表明，他们的山洞是个将近三千年前的古铜矿遗址，而且规模之大也实为国内罕见，他不久就要把这一切写成文章发表出去。萨尔赫德沉浸在一片无尽的幸福中。但他不想把这一切告诉历史老师，只是苦苦地等待父亲归来，他要把一切的一切原原本本地告诉父亲。这下可好，父亲总算回来了。

"爸爸。"

"想我吗，儿子？"父亲在他额头亲昵地吻了一下。

"想，爸爸，我一直盼望着您回来呢。"

"噢，我的好儿子，我的好儿子……"父亲喃喃着，在他额头又吻了一下。

"爸爸，您知道吗，咱们县上发现了两处古铜矿遗址。"

"是吗？"

"有一处就在咱们对面的山上，那原来是个古洞，最早还是我们发现的呢。"

"什么？古洞？不就是平台顶上山嘴那边的老山洞吗？"

"爸爸，你也知道那儿有山洞？"

"怎么不知道，小时候放羊我还常在那里避雨呢，不过就是没敢往深里去过。"

"爸——爸！"萨尔赫德一下从父亲怀里挣脱出来，站在那里，不知怎么，他的两眼噙满了泪水，"爸爸，那你为什么从来没有告诉过我？"说着，两行泪水夺眶而出，顺着双颊流落下来。

父亲茫然望着这个忽然间哭成泪人的儿子，摇了摇头。

"你好，我亲爱的朋友。"萨尔赫德早上起来一出门，就向他那山洞遥祝早安。那对岸逶迤的山峦不知不觉已经秋黄。

"你在向谁问好？"父亲从屋里跟出来说。

"我自己。"

萨尔赫德从对岸收回视线，平静地看了一眼父亲，背起书包上学去了。

今天又有一节历史课。

鹿　迹

不知怎的，阿桑老人无意中扫了一眼斜挂在帐幕栅格上的那支老枪。这也许是一个暗示，老人忽然感到无端地心慌。多少年了，阿桑老人只要一经搬到新址，刚刚来得及支起帐幕，便要将这支枪托早已发暗的老枪匆匆斜挂在栅格上，再也不会去看它一眼，仿佛它已经全然不存在了。可是你瞧，就在儿子出门的当儿，他却无意中扫了那枪一眼。

阿桑老人的额头开始沁出一层细密的汗珠。他真想对儿子说一声："算了，孩子，算了，那小牛丢了也就丢了，不要再去找它了。"然而他却难以启齿——倒不是因为他家缺了这头小牛便要落到一贫如洗的地步，而是生怕使自己视若生命的儿子眼见着扫兴。要知道在这世上儿子便是阿桑老人的一切（现在，老人就剩下这唯一的儿子了）。这不，尽管眼下他觉得自己已经有了某种预感，但是依旧没有多说什么。

"孩子，别在林子里走得太深，一时半时寻不见踪影也就算了，趁亮返回。"

"知道了，爸爸。"

"小心遇着偷猎者，那些家伙心黑着呢。"

"真主保佑，爸爸。"

儿子颀长的身姿折出帐门，径直来到拴马桩前，解下缰绳，轻捷地跃上坐骑，转眼消失在明晃晃的太阳底下。

阿桑老人一直目送着儿子的背影，儿子却是始终没有回过头来。这不免使老人略感怅然。现在，充塞老人视线的，便是那顺着绵延起伏的山峦，铺展开去的郁郁葱葱的森林。阿桑老人十分懊悔，他不知道自己方才为什么鬼使神差非要瞧那老枪一眼。自从那个如刻如镂的痛苦黄昏后，他再也不肯正眼瞧它。是的，起初，是想把它砸个粉碎来着，连一粒铁屑也不愿看见。然而这支老枪最终还是神奇地保存了下来，并且永远斜挂在帐幕右首的那个栅格上。不过，那枪真正的分量，则始终沉甸甸地压在他的心上。

那天黄昏，一只狍子惊惊慌慌地钻出一片野果林，魂飞魄散地从帐前驰过。他原本正在劈柴，一见狍子便丢下斧子奔进帐内取出枪来，还不容他举枪瞄准，那只火焰般迷人的狍子倏忽隐进了小溪那边的水柳丛里。水柳丛连接着茫茫的灌木林。他悻悻然把枪丢进帐内。这是他打猎多年不曾经历的耻辱——他手握上膛的枪，那狍子居然还从他枪口下安然逃离。他只好重新举起斧子。然而，还没待他斧子落下，帐内便沉闷地响了一枪。他这才反应过来——枪没有退膛。他疯狂地抢进帐里，孪生儿子之一已经无声无息地躺在那里，双眼都还没有来得及合上。另一个蜷缩在帐幕的一角，惊恐地瞪圆了眼睛，只是喃喃地重复着："枪……枪……"世界出现了片刻空白，一切都已经静止了。忽然间，一股悲哀的狂涛汹涌卷来，彻底淹没了他——那悲痛欲裂的号啕从他胸腔迸发出来，笼罩了帐幕，笼罩了那个黄昏……自那以后，他再没有正眼瞧过这枪一眼，可是你瞧，今天他却无意中扫了一眼，他真不知道这是祥兆还是凶兆，但他似乎已经获得了某种预感。阿桑老人不由得陷入了一汪无底的心的旋涡……

起初，阿桑老人一定是以为自己听到了一阵遥远而又沉闷的雷声。然而那雷声竟是那么的短促，那么的微弱，稍不经心便会倏忽滑过。

阿桑老人疑惑地举目望去，天际蓝湛湛的，一片晴朗，明晃晃的太阳当空照耀，世界竟是那样的透明，没有一丝障眼的浮云。哦哦，你这晴朗而又明媚的世界啊……不过，这沉闷的雷声又打哪里响起？老人不免感到迷惘。

一道闪电刹那间那样清晰地划亮了他的双眸，他的心即刻便被闪电击中——阿桑老人一下瘫坐在那里。"狗崽子，这一枪还打得真准。"老人禁不住喃喃低语。太阳好像恒定在那里。阿桑老人跳起身来奔进帐里，强烈的阳光从天窗上投射进来，洒得遍地金光。透过阳光，那支老枪依旧斜挂在右首暗处的栅格上。他站在阳光里，开始仔细审视这支老枪。它却保持着固有的缄默，甚至显得有几分冰冷。老人扑了过去，将老枪紧紧地攥在手心里，重新回到了从天窗投进的那一缕阳光底下，混浊的老泪满面纵横。

老人愤怒地拨开防锈枪塞，抽出通条不住地捅着枪膛。当他退出枪栓把枪举向天窗时，那明晃晃的阳光在枪管里刺得他眼睛生疼——一道阳光的斜线，不断画着弧圈，从枪口那里连接着渺小的太阳。老人从他的皮囊里抖落出子弹和弹带,将那些子弹底火一一检查过了,整整齐齐地别进弹带。老人不免有些暗暗吃惊,多少年了,儿子都已经出落成一条大汉,他满以为自己早就将这一切忘却,可是你瞧,这双手却依旧是那样的熟练,竟然眨眼工夫便已经收拾停当。老人开始对自己略略满意。可是那被闪电击中的心仍在熊熊地燃烧,灼人的烈焰几近堵住了他的咽喉。老人以手捂胸,在那里用力地揉了揉,这才透过一口气来,于是,挎上弹带,背起老枪,奔出门去……

不错,就是这片松林。阿桑老人绝不怀疑自己的听觉记忆。尽管那声枪响是那么低沉,那么遥远,以至于显得过于微弱,甚至给他带来过片刻的困惑,然而他还是牢牢记住了枪声传来的准确方位。

现在,他已经走进了这片松林。松林里寂静无声,没有纹丝风动。老人凭借自己公鹿般敏感的嗅觉,闻到了一缕淡淡的混合腥味。确切地说,血腥、铁臭和一丝尚没有散尽的火药味,与那日久未洗的汗衫的汗骚味混杂在一起,却又游离于松香的馥郁,在这林间低回。老人禁不住感动起来,你呀你,松林,只有你才能如此忠实地给我保存着这缕气息。老人真想拥抱林中的每一棵松树,吻遍它们那粗糙的躯干。一切再也明了不过了,全然和他那颗心在他无意中扫了老枪一眼的那一刻起所预感的一样。然而,他还是要亲眼看个明细,看一看那伙人究竟隐向何方。

那可恶的混合气息越来越浓。阿桑老人开始感到阵阵恶心,但他强忍着在喉头附近涌动的一股浊潮,一步步向松林纵深走去。

看见了，终于看见了，一头硕大的死鹿躺在一块林间空地，可怜的公鹿已经身首异处。看来那伙人原本想剥了皮，再割些鹿肉来着，然而他们仅仅来得及将鹿茸砍去。这不，被刚刚剥开的半扇鹿皮松松垮垮地垂挂在鹿背上，遗弃在一旁的那只鹿头，悲哀地瞪着双眼，似乎为自己再也望不透这片浓密的松林而感到绝望。鹿头则浸在一汪黑色的血渍中。显然，他们砍下鹿茸的时候，显得有些手忙脚乱——连茸血都来不及封住，淌了一地。老人恨恨地啐了一口，含混地骂了一句。然而他的双目依旧在执意地搜寻什么，突然，他在那边一棵巨大的云杉树下，发现了一个蓝色的暗影。

老人一步步朝那个蓝色的暗影逼近。那棵云杉却像个千古智者，默默地恪守着在它巨冠下发生的秘密。不过，蓝色的暗影已经轮廓分明。当老人第一眼辨明是儿子颀长的身躯横亘在那里的刹那，一种莫测的力量轰然击透了他，其来势是那样的迅疾，那样的不可抵御——他那颗被闪电击中的心又猝然死去。现在，老人变得出奇地平静。儿子那般依恋地拥抱着黑色的大地，他的头十分自然地侧向一方，将那半边脸庞热切地贴在散发着阵阵温馨的泥土里，只是嘴角尚挂着一丝最后的遗憾，仿佛他不明白，为什么仅仅因为自己误入这块林中空地，便要永远地躺在这里。这老人已经一目了然。儿子一定是莽莽撞撞闯进了这片空地才发现那伙人。当然，这一点同样出乎对方的意料。出现过短暂的对峙。儿子首先反应过来自己的处境意味着什么，正欲拨马夺路闪回时，一颗罪恶的子弹从背后撵上了他。儿子应声落马，那坐骑惊奔而去……正是这一声枪响，似一阵遥远的雷声曾经隐约传到老人的耳边。

一丛绿草哀伤地亲吻着儿子的额头。老人跪了下来,轻轻地抚摸着这丛绿草和儿子冰凉的额际。他无论如何不肯相信,方才还亲昵地呼唤着他"爸爸,爸爸"的儿子,将要长眠于此了。然而,事实就是如此。老人动手给儿子翻了个身,将儿子四肢展平,掏出手帕扎上了儿子的下颚(穆斯林习俗),这才展开双手念诵了一段古兰经。现在,老人有一种紧迫感,他知道那伙人走不了多远,他再也清楚不过自己该干什么了。

老人在左近里拔了些草来,覆在儿子身上,他生怕在自己离去的当儿,儿子会遭虫鸟啄食。待这一切做罢,他又取出两颗子弹,拔去弹头,将火药沿着儿子的尸体撒了一圈,弹头、弹壳便置放在四周,又将一颗铮亮的子弹放在了儿子身上。现在他可以放心离去了,即使野兽来了,有此弹药味在,也不敢贸然近前。老人复又取出一颗子弹放在了那只死鹿上,这足以使食腐者望而却步。老人还在死鹿旁立了根树杈,将自己那顶雪白的毡帽挂了上去——哪怕鹰鹫来了,也不敢落下。老人这才觉得万无一失,便背起老枪,悄然隐进了布满鹿迹的茫茫林海。

一条小径细若游丝,从眼前这片松林顶端伸延出来,一直通向山脊,打那布满侧柏、柴胡的雪线边缘忽又折了个弯,在一道犹如驼颈般弯曲的山梁那里翻了过去。山梁那边,便是另一个县境了。

· 142 ·

阿桑老人在小径转向处择定了一丛茂密的侧柏潜伏下来，小径上没有新的足迹。就是说，那伙人还没有来得及逃进另一个县境里去。老人终于舒了口气，感谢真主，总算抢在了他们前面。这里离那片隐匿着无数秘密的松林，与那驼颈般弯曲的山梁，也还当真有一段距离。在这两个地段之间，便是一片陡峭的开阔地。谁要是在这里被截，别说是人，就连岩羊也休想轻易逃脱。老人开始静静地守候。

太阳依旧是明晃晃的。雪线地带永不疲倦的山风一阵紧似一阵，呜呜地穿过侧柏的每一根枝叶，复又奔向铺满砾石的陡坡，在那里戏弄着低矮的铺地肤，和那一株株婀娜多姿的黄郁金香。老人不觉缩了缩脖子。这风还真有点冷呐。就在这时，松林边上出现了第一个蠕动的黑影……

"你还真行，老鬼！"老人不觉为自己的准确判断感动起来。瞧，他们果然隐匿在那片林子里，只是出了林子才抄上这条小径——他们也知道唯有这条小径方能把他们送往平安之域。老人现在看得一清二楚，一共三人，儿子的坐骑也被他们牵着，三支半自动步枪正好驮在坐骑背上——在这雪线地带，多一份负担就少一口气，更何况这些生来与雪线无缘的人，只要透着气儿翻过山去就算他们能耐。不过，他们还挺走运，总算抓住了儿子的坐骑，不然可就更狼狈了。倒是走在最前面的那个人，肩上搭着一副鲜茸缓缓移动。看来他是怕驮在马背上把鲜茸颠损。这些个嗜财如命的人！自不消说，这副鲜茸便是那只死鹿的峨冠了。老人咬了咬牙，等待着最佳时机的来临。

小径晃晃悠悠地无限向后伸延起来，似乎那伙人永远也走不到近前了。老人禁不住暗自冷笑，他满以为自己经历了如此漫长而又充满艰辛与残酷的人生旅程，再也不会为什么事心急如焚——何况就在片刻前，他的心已经又死去过一回了，哪承想眼下居然还会有看看便要按捺不住的骚动在心头萌生。老人摇了摇头，看来在这个世界上，最难解开的还是人自身这个谜团，除此，再也没有让人更难理解的事了。老人匍匐在那里，阳光在准星上不住地跳动。老人忽然打了个寒战。

抵近了，终于抵近了。儿子的坐骑肯定觉察到什么，开始不住地剪动着苇叶般美丽的双耳打着响鼻。哦，毕竟是长着秀鬃的精灵，只有你才会这般的机敏。遗憾的是，那几个蠢货居然对此毫无反应。有那么一会儿，老人险些陷进哈萨克人通常对于马所特有的爱溺中而将正事忘却。是那坐骑的一声响鼻惊醒了他。不不，不能再等了，要在这里拦住他们，要在这里拦住他们……

"站住！"

老人从侧柏丛里跃起身来，枪口对准了那三个人。

他们被刹那间出现的老人镇住了，怔怔地站在那里不知所措。突然，有两个人同时扑向了驮在坐骑背上的枪。两声枪响划破雪线的宁静。那两个人甚至没来得及哼上一声就倒在小径上了。坐骑驮着枪支闪向一旁，却被那个肩扛鲜茸的人攥住缰绳，没能逃脱。

"不许动，看见了吗，你敢捣蛋我这枪口可不饶人！"

老人冲那位立在原地的人边喊着边走出侧柏丛来。那人看来是吓蒙了，待得老人从他手中抽出马缰，他都一动也不敢动。老人翻身上马，将那三支枪压在胯下，枪口一挥：

"你给我老老实实地下山去,不然一枪崩了你。"

于是,老人押着一个肩扛鲜茸的人,从雪线上往下走去。

林区派出所的人送来了一面奖状和一台手提式收录机。这是林业局为表彰老人自觉保护国家资源,将偷猎者擒拿归案的英勇行为特地颁发给他的。由于老人没有出席护林积极分子大会(老人执意不肯前往),会议组织者只好将奖状、奖品一并托人捎来。

阿桑老人用麻木的目光看了看那位笑容满面的林区派出所所长,接过他手中的奖状嚓嚓撕碎了,一把丢进炉膛,看也不看搁在帐角的那台收录机,依旧是木木地坐在那里。他只看到派出所所长的那两片嘴唇在不住地飞动,老人有些不耐烦了,扭过头去,无意中,他的视线落在了斜挂在帐幕栅上的那支老枪上。他的心不由得咯噔一动,他不知道这又将预示着什么。

归　途

　　这是一片丛生在茫茫沙海边缘的沙生植物林。倘若有幸置身于这片植物林中，让人觉着似乎也和沙漠一样无边无际——你的视线决然难以穿透由那密密丛丛的红柳、梭梭、胡杨组成的绿墙望到边缘。不过，这里也和任何一片森林一样——层次分明。瞧，那一片片的红柳、梭梭、和胡杨并不相杂……

　　一间简陋的干打垒土屋，就坐落在一片清一色的红柳丛里。显然，这是看林人的土屋。

　　此刻，日头刚刚偏晌。一个老妇人坐在土屋门前搭起的凉棚下面，正在聚精会神地做着针线。大概她是在为老伴儿缝补一件旧坎肩。

　　看来，方才的线头尽了。老妇人抬起头来，从线轴上抽过线头，放在唇边用舌头舔了舔，又用食指和拇指细心地捻了一遍已经沾湿的线头。于是，十分专注地瞄准了针眼，开始纫针了。她已纫了三五次了，但总不成功。她索性咬去了一截线头，再次沾湿捻紧……

　　当老妇人又一次将捻紧的线头向针眼举去时，在针眼的那边却立着一条男人的裤脚。"唔，老头子巡林回来了。"老妇人自言自语道，"我怎么连茶都没烧呢。"然而，就在这时，老妇人不觉心里一怔——

不对,我老头子可没有这身蓝裤子,而且烂成了这般模样!她的手顿住了。她的视线移向了那个蓝色的裤脚。当她的视线顺着蓝色的裤脚逐渐上升,最后停留在那张陌生的面庞上时,不由得倒吸了一口凉气。

"啊,你是谁?"

她一霎时拿不定站在面前的到底是人是鬼。瞧他那般两脚立地的模样挺像人的,可他那副衣衫褴褛、蓬头垢面、胡子拉碴的落魄相,似乎的的确确又是一个刚刚冒出地面来的褴褛鬼。

"您眼花了,大妈,我来给您纫针。"

在那张污秽的脸上,从那浓密的胡茬根里,流露出一丝艰涩的笑。

她更迷惘了。她一味地在心中默诵着经文祷语,祈求真主为她驱鬼避邪——倘若面前站着的当真是个魔鬼的话。

然而,他已经蹲在了老妇人对面,十分谨慎地从她那双无所适从的手中接过针线穿引起来。那双手虽然显得那样笨拙,甚至在线头看着就要挨近针眼的当儿拿线的手明显地有些发颤,可他最终只穿了一次,那线头便纫了针眼。

他已经把穿好了线的针送到了老妇人手上。唉,瞧人家,毕竟年轻啊!老妇人不由得轻轻摇了摇头。她已经彻底相信他是一个人了。

"你,是打哪儿来呢?"

她在补丁边上缝了一针,这才停下来问道。

"哎,打那边来。"

陌生人用嘴呶了呶身后的红柳林,便缄默了。

"你渴吗?"

老妇人似乎若有所悟地从红柳林那边收回视线，望着他干裂的嘴唇。

他点点头。

"你一定也饿了，我这就烧茶去。"

老妇人索性放下手中的针线，开始搬出茶炊添水生火，忙碌起来。

当他们开始喝茶的时候，老头儿才骑着一峰骆驼巡林归来。

老头儿虽然以主人的身份与这位陌生的不速之客热情地握手相见，但在喝茶间，他那双眼睛总是掩饰不住满腹的狐疑。

老头儿好不容易熬到喝完茶，便再也忍不住了。

"请问客人，您这是打哪里来呀？"

"打那边来。"

陌生人漫无边际地指了指环绕土屋的沙生植物林。

"怎么，你在森林里……"

老头儿接不上话茬了。他不知道下面的话该如何出口才是——眼前这个人着实太古怪了。

陌生人似乎有难言的苦衷。他沉默了片刻，终于开口了：

"我是逃难到这片森林里来的。"

"什么？"老头儿听罢笑了起来，"你是在逗闷子吧？逃难怎么能到这荒漠里来，真有你的。"

"我是逃犯。"

"逃犯？"

"嗯。杀人犯。"

"杀人犯?!"

老头儿简直不敢相信自己的耳朵了。他吃惊地转过脸来望着老伴儿,想从她那儿证实自己是否听错。然而,只见老伴儿面色如土,愕然张大了嘴巴直瞪着陌生人那副毫无表情的脸庞。老头儿开始相信自己的耳朵了,一阵莫名的恐惧像一股电流霎时袭上心头。

"你,你真是杀人犯?"

老头儿不由得又问了一遍。他甚至听出自己的声音都有点变得异样。

陌生人默默点头。

"你,你给我滚,快从我眼前滚开!"

老头儿突然歇斯底里地发作了。他再也无法控制住自己跳将起来,那架势真真是要将一条偷食了他家食物的野狗一顿棍棒驱走,又像是要将眼前一块沾了粪污的石头一脚踢开。

"老人家,请您权且息怒。"

陌生人平静地说。他的脸上依然毫无表情。

"什么?让我息怒?你算是看错人了!告诉你,我这儿可不是窝藏罪犯的去处!你这就给我走开,走得越远越好!"

老头儿更是火冒三丈,恨不得一把捉住这个陌生人的领口,将他像拎一只小鸡似的提起来,摆得远远地去。

"老人家,请您最好息息怒,我不会连累您的,您可以报告公安局,让他们把我抓去。"

"什么?你以为我不敢去是不?我这就去报告县公安局!"

老头儿气哼哼地奔出去,一步跨上卧地反刍的骆驼峰间,催促骆驼起身了。骆驼懒洋洋地首先弓起两条后腿,然后又收起了两条前腿,立在那里还在安详地反刍。

"告诉你,要是你敢动我老伴儿的一根毫毛,即便你飞到天涯海角,我也会把你捉来,就像拧断一只小鸟的脖颈那样把你的脑袋拧下来!"

老头儿威胁地说着,落下一鞭。那峰骆驼长吼一声,载着他口吐白沫疾步离去……

傍晚,老头儿骑着骆驼赶回来时,那陌生人居然还在,老伴儿也安然无恙。这让他彻底糊涂了。要知道下午那会儿,他甚至没有来得及和老伴儿商量个对策就走的;没想到这个陌生人真没逃走,也没有伤害他的宝贝老伴儿。

天色渐渐黑了下来。老伴儿已经做了一顿可口的晚餐,他们三人坐在一起静静地吃过晚饭,老头儿便和陌生人攀谈起来。

"你说,你杀过人?"

"是的。"

"为什么?"

"输了钱了,一时脑热。听说过吗?两个月前,在 E 市。没听说?是啊,你们这儿太背了。唉,可我那会儿真蠢……"陌生人叹了口气,顿了顿,忽然又问,"您报告公安局了吗?"

"这不用你操心!"

"太好了。"

谈话中断了,出现了片刻的寂静。

其实,下午老头儿根本没有来得及去县城报案——县城离这里太远了。好在他一上了大路,遇上了一位附近乡里的干部正赶着回乡政府去,便嘱托他一回到乡里就给县公安局打个电话,匆匆忙忙赶回家来的。他一路上惴惴不安,不知老伴儿情况究竟如何,谁知到家竟会是一切如常呢。这一点颇让老头儿费解。他终于为好奇心驱使,又一次打破了沉默的气氛。

"你说你两个月来一直躲在我管的这片森林里?"老头儿冲着那个陌生人笑了笑,说。

"嗯。"

陌生人的脸上依旧毫无表情。

"可我怎么从来没有发现过你生火做饭的地方?"

"我怕生火会被人发现。"

"唔。那你今天……"

老头儿谨慎地顿住了。不知怎的,他犯愁了——不知往下的话怎么问才好。

"今天我是自己跑出来的。"陌生人似乎挺敏感的,他已经明白了老头儿想问什么。"您相信吗,我过了两个月野兽般的生活。几次都想自杀,可是我又不能……唉,人间可真美好……我太想念人间的生活了!太想见一见人了!哪怕是能见到一个人也好。我一闭上眼睛就能回想起我所熟悉的人们的一张张笑脸来,真的。今天终于忍不住跑了出来。就是这么回事,老人家。"

陌生人第一次激动起来。然而他的脸色依旧那样古板，只是两只眼睛在闪闪发亮。

"可是，孩子，难道你就没有想到要让你偿命吗？"

正在锅台上忙碌的老伴儿，这时停下手中的活计从一旁插道。

"不，大妈，只要能再看一眼人间的生活，我就满足了。"

陌生人重新平静下来。他的脸上仍是那样的毫无表情，他的双眼又变得暗淡无光。

老妇人突然转过脸去，用裙子的下摆悄悄地擦着眼睛……

老头儿沉默了。

十多天后，老头儿进了趟县城。可巧那天县城里正在开公判大会，围观的人极多。待老头儿赶到会场时，已经宣判过了，一辆卡车从会场开出来，正好押着那几个被判了刑的罪犯。

"嘿，你瞧，当中那小子还在乐呢！"

挤在身边的一个小伙儿禁不住快活地说。老头儿朝那当中的人脸上望去时，不由得怔住了——天哪！这不是那天那个陌生人吗！瞧，他那乱蓬蓬的头发和胡须被剃得一干二净，要不是那双眼睛，老头儿差点认不出来了呢。唉唉，他可不就是在笑嘛——在他那张始终毫无表情的脸庞上，此刻正绽露出愧疚的表情。而他那双亮闪闪的眼睛，正在热烈地环视着四周的人群。有那么一会儿，老头儿觉着他那热辣辣的目光似乎也从自己的脸上扫过……

汽车刚刚开过去，老头儿便挤出人群奔到那边才贴出的布告前，首先寻到了那个陌生人的名字：

"××，……因打人致死，判处死刑，立即执行……"

第二天，老头儿一回到家中，便把他在县城里的所见所闻全部告诉了老伴儿。老伴儿静静地听着他的叙述，沉默了很久，终于喃喃地说："他还给我纫过针线呢……多可惜，到临死了，他才明白……"

走动的石人

巩乃斯河是条死水，你看不出它在流动。夏浦柯河却桀骜不驯，似乎随时都会改道冲上某一座山顶。

在夏浦柯河上游两条山溪汇流处，伫立着一位千古石人，默默地注视着河水流动。

石人距河岸只有一米五左右……

耶斯姆别克至今惊魂未定。不要说在夜里，就是在白天里睁着眼睛，那日的梦境依然历历在目，令他不由得一阵阵毛骨悚然。

他从来没有做过如此恐怖的梦。感谢那夜透心而出的冷汗及时将他从梦境中催醒，使他得以摆脱那种让人窒息的折磨。他原以为自己一定是死过去了，噩梦醒来，竟意外地发现自己还在阳世上活着，便再也不敢合眼，悄悄守到了天亮。

不幸的是，耶斯姆别克接连几天被同样的梦魇所煎熬。那梦境中的每一件事、每一景物，甚至就连任何一个细枝末节都一如当初，反复出现。这一点尤其让他魂飞魄散。不出几日，他便落得一副病恹恹的模样来，整日价无精打采的，魂不守舍。只是他独自恪守着这个难言的隐秘，就连对妻子也不曾吐露。

那天清晨，耶斯姆别克照例牵着坐骑去饮水。他神情恍惚地抽出院门栅栏的横木，顺手一丢，横木那端似乎碰着了什么，这一头在落地的当儿反弹了一下，磕在了他的小腿上。骤然袭来的疼痛使他眼前一亮，便看见了那个伫立在院门边上的石人。横木的一端此刻正歪搭在它的头上，石人那双凸出的眼睛一眨也不眨，死死地盯着自己。耶斯姆别克不由得打了个寒战，差点喊出声来。他立刻翻身跃上马背，驿骑着仓皇逃向河边，消失在那片密密的水柳丛里……

这里人常为这条河水骄傲，他们说，你把夏浦柯河水引向哪里，它便径直流向哪里。这不，两条湍急的溪流从两侧的山谷泻下，在他们小小的村落前汇在一起，融成了这条夏浦柯河，便滔滔地出山而去。

那时候，石人面朝河水立在那座山坡上，它那双大耳吊着一副几近齐肩的石坠，永远悉心谛听着河水的喧哗。谁也说不清它在那里究竟伫立了多少年月。不过，村上的老人都说，还在他们祖上在世时，便听说这尊石人很早很早以前就立在那面山坡上了……

正是草原上打草的季节。耶斯姆别克和所有牧人一样，这些天来起早摸黑打贮冬草。他家承包的草场在岔沟上游的一面坡上。可以说他在全村第一个结束了这年的打草活计——刚刚把最后一车干草码上草坡时，他不知怎么忽然来了兴致，停下马车攀到了石人身旁。

此刻，柔和的夕阳投在石人身上，给它平添了几许生机，竟显得那般的动人。只是它的目光像一个谜，令他难以揣度——那石人似乎永远都在专注地审视着满目的空寂山谷，又仿佛是在凝神远眺，时时欲从那遥远的天地连接处窥见悄然逝去的漫漫岁月的隐秘所在。耶斯姆别克索性拨开几块虔诚者献来的陈年布条，在石人近旁侧卧下来，一只胳膊支起上身，举目望了望那一轮看着就要接近河谷西岸层层山峦的太阳，便与石人一道沉浸在一片肃穆的氛围中。

一种空前的陌生感惶惶袭上耶斯姆别克的心头。他蓦地明白过来，虽说自己在这条山谷里生，在这条山谷里长，原来从未像今天这样走近这位石人一瞻雄姿。有时候日子竟会过得如此疏忽。他不觉笑笑。

石人依旧凝视着谜一样的远方。

两匹挽马拉着大概属于这片土地的最后一辆槽子车向前走去。耶斯姆别克这才发现，刚才自己停车的地方草势委实不好，前面有一片油嫩的绿草无可阻遏地吸引了它们。不过，不远处便是被河水吃进的陡岸直逼车道，这一切意味着什么，只有他自己心里清楚。

他吆喝了一声。

叮当悦耳的车轮声戛然而止。他的挽马是驯顺的。他挺满意。

然而，他再也不能多待了。他起身依依地望了一眼石人，石人的目光似乎转向了自己。他禁不住走过去拍了拍石人的肩膀。他忽然感动起来，便当即将石人顺势滚下山坡，抱上了自己的马车……

坐骑已经饮足了水，若有所思地举目望着对岸不住点头。耶斯姆别克这才些许定下神来，不过他依旧狐疑地眺望着那座石人驻足过的山坡——从这里可以看得清清楚楚。有几位骑马的妇人好像远道而来，正在那里寻觅石人的踪迹……

在离他不远的河流上游,一群内地民工正在修桥(原来的桥被洪水冲走了),那传来的阵阵号子声打搅了他。他不明白,这些人干活儿为什么还要哇哇喊叫。在他听来,他们的喊叫声甚至盖过了河水的喧嚣。

耶斯姆别克怀着一股莫名的愠怒离开了河边。他牵着坐骑钻出水柳丛,不时地回首望一望那边的山坡,一边向家走去。那几个女人开始在石人曾经驻足过的地方挂起她们带来的彩条。然而,他总觉得自己正一步步地重新迈进那个可怕而又熟悉的梦境中去。

"干啥子吆?!"

那位被他抓住胳膊的民工惊恐地望着他,一头蓬发奓煞着,极力想挣脱出去。

耶斯姆别克并不松手,他用另一只手比画着,用生硬的汉语结结巴巴地说:

"那个嘛……借(这)个地胖(方)……赖(来)……"

另一个满头蓬发的小个子朝他走来。看来这位就是工头了,耶斯姆别克认定。不过他委实没有听懂说了些什么。耶斯姆别克由此断定,天底下最难听懂的大概就要数四川话了。

他索性把这位工头拉向自己的槽子车旁,指指躺在车上的石人。

"借(这)个嘛……那个地胖(方)……搁哈(下)……"

工头借助他的手势,终于明白了他的用意。

"要得……"

工头爽快地应了一声，唤来几位民工，将石人抬下马车。

正在这时，一位进山去的白须长者从对岸涉过河来，制止了他们。

"喂，你这是在干什么？"

耶斯姆别克打量着这位长者的白毡帽——那做工的确是精致极了，两缕黑色的顶穗，黑丝绒的镶边，一定是出自哪位巧妇之手——戴在这位陌路长者头上竟是那样的神气。

"我想让他们把它垫到桥基下去。"

"我说，你究竟是哪路的哈萨克？"长者问。

"生来就在这条沟里，喏，我家就住那儿。"

耶斯姆别克朝自家那边扬了扬下巴。

"你怎么能这么做呢？！"长者说。

"您别发火，它总让我做噩梦，我都快要活不下去了。"他终于忍不住道出了压在心底的隐秘。

"告诉你吧，这可是一位千古圣人。是它护佑着我们这方人畜山川的安宁，快给我送回原处去！"

"可它总让我做噩梦。"耶斯姆别克嘟哝道。

"它是有灵的，你即便把它垫进桥基，它也照样会夜夜入梦，让你睡不安稳，还是趁早送回原处去。"长者说罢，策马而去。

耶斯姆别克怔怔地目送着长者远去的背影，直到终于从眼际消失。

工头领着民工早已忙他们自己的活计去了。

耶斯姆别克望了望那座石人曾经驻足的山坡，眼下看上去又高又陡，再说那天费了好大的力气才把它抱上车的，他不免有些犹豫，看来自己无法再把石人送回原处了。

他顺势将石人滚下河岸。那石人先是横滚下去，后来碰着一块顽石便竖栽起来，看着就要栽进河水，却又碰上了一株孤零零远离丛林的水柳，神奇地站立起来。

耶斯姆别克当下双膝发软。他本能地掏出妻子为他钩织了花边的绿绸手绢，战战兢兢地走下河岸，十分敬畏地将那绿绸手绢扎在了石人倚靠的那株水柳枝上。

又是一个明媚的夏天。

两辆北京吉普车戛然停在了河边。这是自治区和外地三家联合组成的文物普查队到来了。他们一路风尘，已经在这个县境跑了好几天。

"瞧，这就是夏浦柯河水，你把它引向哪里，它便会流向哪里。巩乃斯河却是条死水，你看不出它在流动。"

那位权当作向导的在县文管所工作的人员不无骄傲地说。他也出生在这条河边。从这位精明的万事通嘴里，普查队的人已经熟谙耶斯姆别克和他们行将考察的石人的那段趣事。

他们一个个下了车，乡村的简易公路在这里断了——河面上有两座冲毁的桥址，其中一座看上去还挺新。

"瞧，石人就在那棵水柳背面。"向导说。

"我们怎么过去好呢？"普查队的负责人看了看手表。对岸那棵远离丛林的水柳枝上，挂满了各色彩条。

"请放心，会有办法，我们这就过去。"

向导朝对岸小村边上的一位骑手招了招手，不一会儿，那骑手便从对岸涉过河来。

"这不，咱们可以轮流骑着这匹马过去再过来。"

向导快活地眨动着浅蓝色的眼睛。他和那位骑手蛮熟。

普查队负责人不住地看着手表。他并不怀疑这位哈萨克骑手会将他的全队人马送过河去，何况向导还是他的熟人。可他正在精确地计算着所剩时间，以便充分利用每一秒钟。

他只派两名年轻队员过河去了，一个搞摄影，一个搞现场记录，他叮嘱他们要尽快返回。其他人员原地等待。

"那位把石人搬回家里的老乡在吗？"普查队里的一位专家向留下来的骑手问道。

"孔所长是在问那个耶斯姆别克。"向导爽快地补充道。

"他今早进山去了。"骑手说。

"唔，真不巧。"

两位年轻队员紧紧地贴在马背上涉过河去。尽管他们竭力蜷起双腿，两人的鞋还是被打湿了，而且裤脚一直湿到了膝盖。他们原以为那个蓝眼睛向导是在吹牛——这条河也不怎么大，现在看来的确不能小瞧。

不过他们干得挺麻利的，不一会儿就把石人身上的各个部位详加测量，做了记录，从不同角度拍了照，最后又把那棵挂满七彩布条的水柳作为背景,拍了一组全景照,并量了量石人与河水的真正距离,只有一米五左右……

一位老妇带着一位年轻妇女——看上去像是婆媳俩——在他们近旁下了马,用深怀敌意的目光看着他们的一举一动。确切地说,是在等待他们及早离开。

孔所长在河这边寻找着一个理想的可观角度,终于在方才停车点的上方站到一块卧牛石上去了。他隔岸从镜头里窥视着那尊在水柳背面隐约可见的石人侧影。

"其实,这石人亦称杀人石,是古代突厥人把被他们杀死的敌人雕像立在墓旁——突厥人认为,这样那些被杀者来世还要侍奉他们。"孔所长对身后的来人说。

普查队负责人的眼睛陡然瞪大了。应当说,这是他闻所未闻的一段史趣。

孔所长依旧从镜头里审视着对岸的石人,不断地调整长焦距。现在图像更清晰了。

"后来蒙古人崛起时,又将这些杀人石的头一概砍掉。他们相信,倘不如此,太古人类的肖像会给现存人类带来不幸。"

"可是……这个石人的头……"普查队负责人一时难以掩饰他的困惑。

"这是一个谜——一个有趣的例外,所以需要将它的谜底揭开。"

孔所长接连按动快门。他索性连同那两位年轻普查队员的工作场景，以及在一旁牵马怒目守候的妇人也拍了下来。

……

一切结束得都很顺利。他们甚至来得及向那位骑手进一步打问清楚石人原来驻足的那面山坡的地貌。眼下，两辆吉普车与滔滔的夏甫柯河水并驾齐驱，向山口匆匆驶去。

向导又在兴致勃勃地说着什么，普查队负责人全然没有听进去，他只是轻松地吐了口气：

"孔所长，我们盼着早日拜读您关于天山石人的大作呢。不过，下次您来，我们再也不会让您乘坐这种破车受委屈了。"

"哪里，哪里。"孔所长浅浅地一笑。

车内顿时漾起一种无形的喜悦。

汽车驶出山口的时候，普查队负责人看了看表，正好上午11点。只要一切顺利，下午5点之前准可以赶到伊宁。他昨天就已打去电话，在伊犁饭店订了一桌酒席，要为孔所长一行饯行……

在夏浦柯河上游两条山溪汇流处，伫立着一位千古石人，默默地注视着河水流动。

石人距河岸只有一米五左右……

群山与莽原

那地方名字很怪,叫宕昌。当地人把宕字念成 tàn,变成 tàn(炭)昌。你要试图更正他们的读音,一种疑惑的视线会朝你投来,不用言语,你可以读出其中的含义:你这个人怎么就与众不同呢……

这里地处陇南,深藏于千山万壑之间。河东岸是秦岭山系余脉,河的西岸与青藏高原连成一体。他的家就在群山褶皱中大河坝乡的一个小山村。晴天时,可以从沟口看见对面宫鹅沟顶端巍峨雪山的倩影。

他家住在半山腰上,村子周围种满了花椒树和樱桃林。花椒树刚刚结出碎小的花椒骨朵儿,一丛丛一串串的,意味着一个丰收年景。不知到了秋天,那花椒会在哪家的锅灶间融进缕缕菜香。樱桃还要几天就可以采摘了。此刻,鲜红、紫红的果实结满了枝头,一颗颗一片片的,煞是惹眼。

他生在长在深山里,却有一种奇怪的感觉,常常为自己视线受阻感到迷惘。在晴日里,除了向头顶的苍穹望去,视线似乎能够洞穿蓝天。除此,往四遭眺望,满目层层叠叠的大山,视线随处都遭阻断,令他心头憋闷。

他常常站在山坡上一边干着手头的农活儿,一边陷入遐思——何时可以走出大山？有时他会这样轻轻地问自己。

有一次，他到山下坐落于谷底的镇子上时，听到几个外出打工回来的后生们谈论他们所见过的世界。他们说，有那样一种地方，四周没有一座山梁，到处是一片平展展的土地，在那里落满了城镇，城镇与城镇之间长满了庄稼。不过，当你的视线碰不到山的时候，你会感觉很累。他们说。

他实在想象不出他们累的感觉。

那是一个什么样的地方？会是什么样的平展法？这个信息给了他一种新的遐思与困惑。他暂时忘却了视线被群山阻断的苦恼。

那天下午，他照例站在半山腰上自家地里做着农活。天气还算晴朗。不过宫鹅沟顶端的雪山已被云锁雾罩，浑然化作一个巨大的云堆，根本看不见它洁白的胴体。望着那个巨大的云堆，萦绕在他心头的憋闷和新添的遐思与困惑搅在了一起，有点让他透不过气来。

他擦了把额头上的汗，试图蹲下去歇会儿。并不确切，他似乎觉得地动了一下。他有些狐疑地挺直了身子。他觉得这会不会是自己的一个错觉，亟须验证一下。他的目光正在急速搜寻某个固定物，试图以此择定坐标。

恰在此时，大地的跳动从他足底传到了膝盖，又由膝盖直奔脊柱，最终袭向了脑颅。是的是的，他发现自己身体真真实实不由自主，浑身依照大地的律动在抖动着。霎时恐惧牢牢攫住了他的心。四周忽然间腾起股股粗壮的尘柱，好像大地在粗鲁地呼气，那污浊的气流直冲云霄。刹那间，对面的山便被尘烟覆盖。他自己也被尘烟裹住。浓烈的尘土味儿呛得他鼻孔发干，喉咙发堵。他剧烈地咳嗽起来。他的心头更加憋闷了。就在这一瞬间，他已经开始厌恶起这山来。要是能离开这鬼山就好了！他在恐惧与憋闷的绝境中暗忖。

他没有表，不知过了多长时间，山的跳动似乎停止了。尘烟就像雨天的雾霭一样，牢牢锁住了大山。他的视线真正受阻，他只能看见身旁的花椒树和樱桃树。它们的枝叶和果实上落满了尘土，一株株一棵棵似乎已经被刚才大地的抖动摇昏，可怜兮兮的，正在迷茫地呆望着他。

对了！家！家怎么样了！一个清醒的意识骤然升起，令他头皮发麻！他开始穿云破雾般撕开尘烟，在密密匝匝的尘柱间狂奔。

没有风，似乎连风都被大地的震动吓昏了，躲在哪个山洞里不敢出来。于是，四周尘烟弥漫，他强烈感到呼吸困难。这是一片土山，土层很厚，所以没有滚石，但是尘烟很冲，从平日里看不见的无数的地缝中钻出来，直往上冒，让他喘不过气来……

当多日以后，镇上的干部再次来到时，他的记忆中依旧只有一点，就是地震那天漫天遍野的呛人尘烟和粗壮的尘柱。他很幸运，地震发生时，他的妻子正好在院子里做活，他的房屋倒塌了，成为一片废墟，但是妻子却毫发无损。他的孩子在学校也奇迹般地平安逃出了教室，没有受伤。他们住在政府下发的那顶蓝色的"民政救灾"帐篷里，眼下还不知道该如何重新起屋造房。大山还会时不时地抖动一下,他们说那是余震。但已经没有尘烟冒出,似乎大地的怒气已经释放殆尽。山风似乎也苏醒了,时不时地会造访他家的蓝色帐篷,寻找缝隙从那里钻进钻出,向他炫耀着自身的活力。太阳依旧每天朝起夕落,日子好像该怎么过还得怎么过。

镇上的干部说,这个村不能就地重建了,这半山腰的,上不着天下不着地,条件恶劣。要整体搬迁下去,政府正在规划。到时候会重新在河滩辟出每家每户的宅基地。政府会帮助他们重建家园。几个村的人都会住到一起去的。

似乎是在无意间,镇上的干部不经意地问了一句:"政府正在组织一批灾民向新疆移民,你去不去?在那边,住房是现成的,还可以多分给一些地。"这一点完全出乎他的意料。他先是一怔,张开了嘴,不知道该如何回答。忽然间,一种从未体验过的喜悦自心底油然升起。他觉得这是自己冥冥中所祈望的——终于有机会走出这大山了!一瞬间,一种释然让他感到浑身的轻松自在。

他毅然决然地点了点头,说:"去。我们去。"

他甚至与妻子都没有商量。

其实,他的陌生感是自打离开哈达铺,走出县界翻上麻子川后就开始了。

他并不知道这里就是黄河、长江水系的分水岭,只觉得才走了小半天工夫,这里的山与自己家乡熟悉的山已然不同。这里山势辽远开阔，那一片片望不到尽头的青稞地，与自己打眍眼看到的紧凑局促的山坡地不同。他忽然开始有一种失落感，但不知道自己为什么失落。

在岷县，当他看到洮河不可思议地折返向北流去时，他甚至有点承受不了。他从没有想到过河水也会流向北方。在他们镇旁，那条河是一路向南奔腾而去的，在两河口那里汇入白龙江，然后又一路朝东倾泻而下。如果他不走，他的新家应该就安在那河旁的某处滩地上了。不过在谷底自己的视线或许会更加受阻吧，他想。

于是，他与曾经被他厌恶的、常常阻断他视线的、被崇山峻岭深锁的家乡渐行渐远。

在殪虎桥，汽车西向折进深山，最终从一座雪山腰际间攀缘翻越。晴空丽日下，高山草原上羊群和牦牛群闲散开来，还有几匹马也在那里享用着青草。他第一次被这样的景象吸引，心底漾起一种喜悦与自得的暖流。当一片片红桦林与云杉林并肩交错出现在左手背阴山坡上时，他甚至有那么一会儿被这猝不及防出现的美景惊呆了。他不由自主地把后脑勺上的头发倒抹了一下，那一蓬乱发就像显示雄性的公鸡羽翎一样，十分威武地挓挲着……

汽车很快驶出了雪山林场沟口的罗家磨。

现在，展现在眼前的是另一种景致，一种深邃、辽远、空阔的地界迎面扑入他的眼帘。他不知道自己的视线原来会如此无限延伸。他有一种激动、一种感慨、一种解脱、一种眩晕的感觉。或许这就是那些镇上的后生们所说的累？他不敢肯定。在目力所及的远方，隐隐约约还有一些山脉横亘。

当汽车穿过渭源会川镇时，不知怎么，他被镇子西边那一道柔和舒缓的绿色山梁感动了。但是，当他回首望见那道远逝的雪山，心底略感怅然。他的家乡——那个阻断过他视线，曾令他生厌的群山包裹着的家乡，那个霎时间升腾起股股粗壮的尘柱，被尘烟笼罩的半山腰上的昔日家园，已然留在了雪山那一边。

他品不出此刻自己心底的滋味到底是甜是酸……

当他发现再度与洮河相会时，已经是在临洮境内了。这条不知何时游离于他而去的河流，现在又被他撵上了。

这里河谷开阔，两边的山峦低矮，他的视线时时可以越过那些山峦远眺。他忽然觉得，视线无遮无拦随意游走，并不让他感到惬意，心底反倒变得空落落的。

他这才发现，自己原来已经习惯于那种一眼望去，满目青山的世界。虽然他曾抱怨视线受阻，但现在看来或许那才是他真正的生活意义所在。

越往前走，这些山体越不成样，开始变得裸露无遗。那赤裸裸的褐石和光刺刺的白土让他发怵。天哪！在这样的地方人居然也能生存！他第一次为生存感到恐惧。

他是带着这种恐惧与疑虑驶入兰州，在灯火辉煌中又登上火车，在夜幕笼罩下越过黄河。他甚至没有意识到列车会过黄河，更没有看到从车窗一闪而过、在铁桥下深沉流淌的黄河……

现在，一切已经不能复返。火车轮轨有节奏的哐当声，替代了汽车喇叭尖锐的鸣叫声。他一觉醒来，火车早已穿山越洞，翻过乌梢岭，行走在河西走廊。

在左侧，是逶迤而去的祁连山山脉。那些银冠似的雪峰随着山势忽近忽远。在他看来，不如宫鹅沟的雪山亲切。但不管怎么说，在他的视野里还有山的胴体存在。这一点令他略感慰藉。

但是，他不能适应一侧有山，一侧空阔的空间。

他从没有在这样的天地间生活过。

在他的意识中，似乎天下都应该是被群山包围着的河谷，河水一路向东流去。然而，此刻透过车窗向右望去，却是一望无际的莽原。

他发现有时他的视线可以伸及天地交接处。这一点令他不可思议，又有一点隐隐的后怕。人怎么可以一眼望见天地接壤处呢？他真的不能适应这样的一望无际。

他感到了累。

平原的视觉疲劳就像倦意一样，挥之不去，一直紧紧伴随着他。

当火车毅然决然挥别祁连山脉，穿越铁色戈壁，快乐地鸣响笛声接近另一座山脉——天山南麓时，他有一种几近绝望的感觉。那遥遥无期的路途令他生畏，就连太阳都被这一望无际的莽原牵累，光色变得有些黯淡。此时已经接近黄昏，除了明净的蓝天，那浩瀚戈壁上蒙着一层灰蒙蒙的薄纱。他似乎看到在靠近铁路的荒原上，有两只红褐色的野物回首向列车张望。它们只是从车窗前一闪而逝。是黄羊还是什么，他不敢确定。

他忽然怀念起那个举目就可以将视线碰撞回来的家乡的山川了。他现在才觉得，自己投出去的视线被满目青山撞回，似乎全然可以用手心随心所欲地揽住它、抚摸它。他不觉望了望自己的手心。是的，那一天，当大山剧烈跳荡时，他像一只山兔，在粗壮的尘柱间一跃一跃地穿行跑回了家。自家最后一堵残墙恰在他跑进篱墙院时轰然倒塌。他看不见妻子，只觉得她被埋在了废墟下面。他拼命地用双手刨起了废墟。他在狂呼着妻子的名字，他的喉咙灌进了很多土。他的胸腔在被尘土淤塞，有一种火辣辣的燃烧感觉。

妻子是从他身后浓重的尘幕中出现的。妻子哭喊着向他扑来抱住他后背时，他着实吓了一跳。大山又一次猛烈地跳荡开来，他俩双双跌倒在地，滚了一身的土，本来就浮尘遮脸，他们看不清对方的表情，但是一双眼睛是亮的。只要人活着就好，他们会意地相视一下，不约而同地蹦了起来，一起跑向山下的学校，他们要去救他们的孩子……

又一个夜幕看着就要降临。

凭感觉，这里的夜幕降临也要比层峦叠嶂的家乡晚许多。也许，是没有大山可以让太阳早点沉落的缘故？他感到新奇和困惑。

一种焦躁不经意间向他心头袭来。

当又一次换乘火车后，他离开了这座陌生的城市乌鲁木齐，继续西行。车站站台上弥漫着被炭火燎过的孜然香味，嵌进了他的记忆里。

他又一次想起了在河西走廊的感觉。此刻,同样左边是天山山脉一路西向逶迤而去,右边则是一望无际的准噶尔原野。他现在开始怀疑起自己来,究竟是留恋让他视线受阻、心头发闷的重重叠叠的家乡的深山大壑,还是渴望走出山的屏障让视线和心灵自由驰骋飞翔?

他不知道。

在奎屯由火车换乘汽车时,他看了看沉默的天山雪峰,叹了一声。"还算有山。"他喃喃道。他嗅到风从远处送来一种淡淡的幽香,他不知道那就是荒漠草原艾草的芬芳,却也解不去他心头的焦躁和不安。

一路上白天里他都不会睡觉,不知怎的,在离开奎屯后,在折向北方准噶尔腹地的公路上,随着汽车车身微摇,他在焦躁不安中意外地沉沉睡去了。

也就在此时,天山巨大胴体和它的雪峰,悄然远匿于淡紫色天际堆积的云朵中了。

当他一觉醒来时,车已到了车排子。一下车,望着夕阳下平展展伸延开去、无边无际的准噶尔原野,他忽然失神了。倘使在清晨,在明媚的阳光下,尚没有被浓云覆盖的天山雪峰,会灿然俯瞰准噶尔原野,他的视线也一定会撞上天山雪峰洁白的胴体。但在此刻却不能,雪峰被天际与积云隐匿。

他禁不住又呼又喊起来:"山呢?山呢?我家的山在哪里?"妻子和孩子有点异样地望着忽然变得陌生起来的他。但他对他们的存在全然视而不见,在他的视野里除了家乡群山飘忽的影子便是一片空白。

他的视线漫漶地投向四周，而后又无力地收回。他就地手舞足蹈起来，口中念念有词："山呢？山呢？我家的山去哪里了？"

人们开始有点不知所措。带队干部找来随队医生。医生望了望他迷离的眼神，和那近乎反向的肢体动作，十分镇静地说了一声：

"他疯了。"

接着，又补了一句：

"快送医院。"

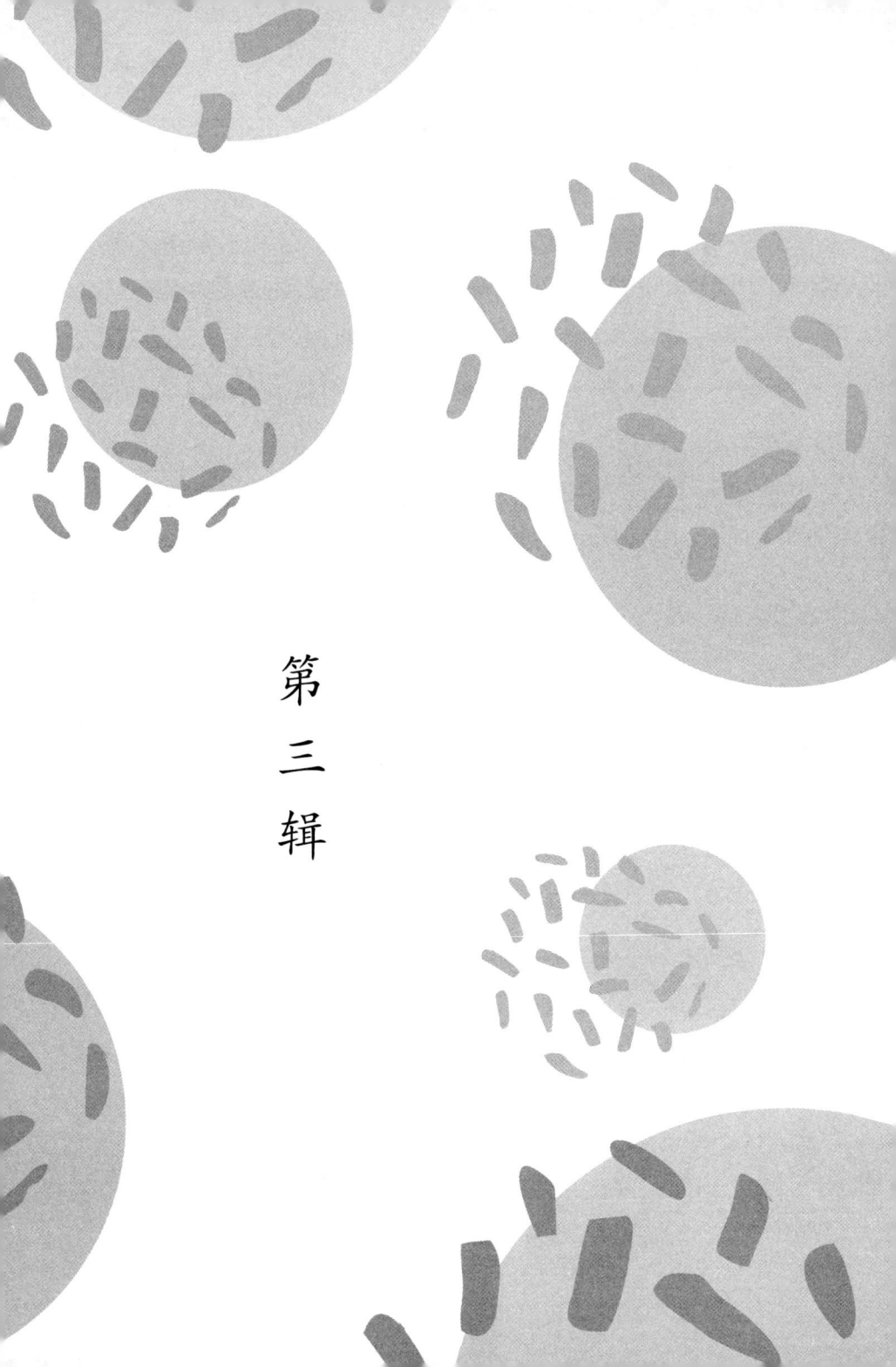

第三辑

风化石带

冬天即将来临。

哈萨克人开始为即将到来的冬季忙碌着。爷爷奶奶开始有点着急,他们说:"冬天已经拖着寒剑走来,你们爷儿俩得进山弄点作过冬木柴的原木去了。"奶奶说得就更直了:"红牛犊(在笔者另一篇小说《红牛犊》中描述过关于寻找红牛犊而衍生的故事)没找到也罢,但冬天总要过的,没有木柴怎么过冬?!"自从那次我和叔叔去找红牛犊无果而归,叔叔又忙活了几天,还接连逢上了两场秋雨,没法上山砍伐。所以,爷爷奶奶真有些着急了。

那天,早茶过后,叔叔对我说:"走吧,艾柯达侬,咱们得弄些原木去了。"说着,他骑上了自己那匹心爱的霜额马,让我骑上了一头棕色犍牛,带足了驮运原木的鬃索,我们从阿拉尔——河汊洲岛出发,向乌拉斯台山谷里的耶柯阿夏——双岔沟右首的玉塔斯方向走去。

临出门时,奶奶说:"你们爷儿俩这可是去进山砍柴,可别又忘了正事,半路上变成赴喜筵玩叼羊去了。"

叔叔笑道:"怎么会呢。"

爷爷嘱咐一句:"别为了图省事砍来青树,一定要砍来枯树。"

乌拉斯台是坐落在天山山脉北支——伊陵塔尔奇山腹地自北向南走向的一条山谷。山谷里流淌着清澈的乌拉斯台河。河两岸是茂密的野生苹果树、杏树、山楂树、忍冬、醋栗、枸子树、毛蕊枸杞、黑果小檗、稠李、野蔷薇，还有雪柳、山杨。再往远处，从深山峰脊上探出墨色的云杉林杪梢，像一列列身披斗篷的武士，那阵势煞是好看。叔叔今天的心情很好，他开始侧身歪坐在马背上——准确地说，是坐在鹰头鞍那用黑条绒布包了面子的鞍褥上，十分惬意地唱起了塔塔尔小调来：

　　天鹅飞翔靠的是翅膀呵
　　男人的翅膀是骏马
　　在异地他乡漂泊得久了
　　连心上的人儿都会忘
　　……

此时已是深秋，铁线莲花蕊已谢，换上了白茸茸的羽蓬，它的藤蔓缠绕在野蔷薇和那些低矮的灌木丛上，就像顽皮的牧童反穿了皮袄，毛茸茸的令人怦然心动。

山口地带坐落着三座水磨。人们到现在还用原先的磨主名来称呼它们。第一家也是最下首一家，磨主名叫毛乌特，是个哈萨克人。再往上走，第二家是一位名叫萨罕阿吉——一位曾到麦加圣地朝觐过的哈萨克人开的磨坊。他家的磨坊曾让一位名叫索德尔的俄罗斯人掌管。

第三家，也是最上首一家，是一位叫欧赛列的俄罗斯人开的磨坊。记得小时候，我和爷爷到这个俄罗斯人的磨坊磨过面。那是一个长髯飘胸的俄罗斯老人，他的发须已经灰白，但走起路来步履敏捷。他的家就在磨坊边的河岸上，茂密的野蔷薇、醋栗、枸子树、毛蕊枸杞环抱着他家用云杉木垛码起的木屋。在他家后园，架着十几只蜂箱，便是他的养蜂场了。成群的伊犁黑蜂在那里嘤嘤嗡嗡地飞进飞出。

不过，此时毛乌特家的水磨已经荒废。

萨罕阿吉家的水磨也已年久失修，无人照料。只有这个俄罗斯人欧赛列的水磨磨盘还在转动，只是早已易主。现在是乌拉斯台牧场三生产队的磨坊。那个俄罗斯人早已移居苏联，也有人说去了澳大利亚。大人们都这样说，莫衷一是，我就更是搞不清楚。眼下，除了水磨巨大的花岗岩磨盘转动时发出的嗡嗡响声，还有从水槽倾泻而下的水流，撞击在磨盘木轮桨片上的水花粉碎声，除此，四下里寂静无声。阔叶乔木只剩下伸向秋空的光秃秃的枝梢。木屋早已人去屋空，木屋后园的蜂箱也不见了踪影。

我们走过磨坊，便进入了乌拉斯台河谷。左侧第一条岔口进去，叫碧海霞塞的山沟。叔叔说，这条沟之所以以女人的名字命名，是因为曾经有一个名叫碧海霞的寡妇十分富有，她家成群的牛羊和马群就在这条沟里放牧，因此得名。而这位碧海霞寡妇从不穿裙裾，像男人一样，永远着一条皮裤。人们称这样的女人为叶尔柯克乔拉——类男人。

再往前走，在河的右岸，有一块湿地。人们叫萨罕阿吉草地。就是那个第二家水磨坊昔日的主人。湿地边上，后来牧场修起了一座药浴池。每年春天，剪过春毛的羊群，都要在这里药浴，以防绵羊患皮癣，影响羊毛产量。那时节，这里就会充满克了林（煤粉皂溶液）刺鼻的气味。说是药浴池，其实是一个水泥修筑的狭长地槽，我去仔细看过，地槽两端高中间低凹，当灌满溶解了克了林的溪水后，便将羊群从地槽的这一头赶向另一头。于是，一只只绵羊被迫蹚过充满药水的地槽，浑身变得湿淋淋的。羊便在草地上抖着身子，试图竭力甩干浸入羊毛根须的药水。最终，药浴池里的药水便要排进清澈的乌拉斯台河里去……

我总觉得那药浴不是一件爽快事，一闻到那克了林古怪的气味，我就要反胃，就连羊群也要遭受折磨，更不要说那洁净的河水会有多难受。我曾问过那位掌管药浴的畜牧师，我说："这样把药浴池里的药水排进河里，水不会脏吗？下游的人畜还怎么饮水？"那畜牧师用不屑的眼尾余光乜斜着扫了我一眼，俯视着我说："傻小子，你不知道河水是活的，穆斯林称流淌的河水滚了七遭便会自洁吗？去，快骑你的牛犊子到河边玩去，别在这里给我添乱。对了，你可千万别憋急了朝河水撒尿，那才是造孽呢。"末了，他还没忘记揶揄一句。朝河水撒尿，在哈萨克人看来是最大的罪过。要说谁家的孩子无法无天，不用说别的，只说一句，嗨，那小子敢往河水撒尿，一切都明了了，不用再说什么。

在人们看来，畜牧师一年四季也就这么几天给绵羊药浴时似乎是绝对权威，平日里还不如兽医风光呢。我也当即调侃他："阿嘎（大哥），要说往河水撒尿，还得向您学着点儿呢。"畜牧师愠怒地向我扬起马鞭，我立即哈哈笑着跑向了草滩……

这不，在湿地的上方，有一处浅滩，便是徒涉口。我们骑着驮畜从这里涉水过河，来到东岸。于是，茂密的野果林、野杏林铺天盖地而来。春日里野果、野杏花开，会连成一片花海。夏日里人们都要上来摘杏。秋日里也要捡了野果去晒果干。而现在树叶已经落尽，偶或这里那里的，在枝头上还挂着些干瘪的果实，连喜鹊都不愿去啄食，它们只好追忆着逝去的夏日时光。

从徒涉口过来，哈萨克人叫铁列克赛。翻译过来就是杨树沟了。

那是一条很深的山谷，长满茂密的山杨林。从这条沟上到山顶，那里是一望无际的高山草原，十分舒惬。我们家族的人每年都在那里度夏。记得有一次我和一位牧人下山，就走的是这条山沟。我是为在山下打草的爷爷送些马奶和酸奶去。我的马鞍后面两边系着两个皮囊，一个盛了马奶，一个盛了酸奶。那天，牧人赶了一头乳牛，那牛犊稍大了些，在路上乱跑，牧人嫌烦，便逮住牛犊，将项圈绳拴在了乳牛尾巴上。这样果然奏效，牛犊只好乖乖跟着乳牛走。但是，意想不到的事情还是发生了。当我们进入铁列克赛时，沟底林木密布，牧道窄小。牧人只顾在前面牵着乳牛引路，我在后面跟进。为了赶路，牧人鞭催着坐骑速步下山，那阵势也是风风火火的。突然，一棵桦树兀立于牧道中间，牧人牵着乳牛从一侧闪过。就在这时，那头该挨刀的牛犊突然从树的另一侧闯过，只听咔嚓一声，母牛的尾巴尖落在了地上——被牛犊隔着桦树干拽断了。母牛只是"呣"了一声，由不得它被牧人牵着飞速向山下奔去。那赤裸的牛尾尖上，血一滴一滴地洒在牧道上。失去了牵力的牛犊拖着项圈绳一路小跑着跟在乳牛后面，拴在项圈绳末端的乳牛的断尾像一把小笤帚在路面不住地跳荡，扬起一缕细尘。我想策马赶上去，但沟里丛林密布，我的马鞍后边那两个皮囊滚来滚去，无法穿行，万一扎破了它就更糟了。我在后面索性喊了起来："牛尾巴断了！牛尾巴断了！"那牧人压根没有听到抑或没有理会我这小孩子家的叫唤声，一路奔去。直到谷底，他才发现牛尾巴断了。他摇了摇头，冲我无奈地笑笑，便在乌拉斯台河岸土崖上抓了一把被阳光暴晒得发白的黄土，涂在了牛尾巴上，那血果然止住了。从此，这条沟在我心里便更名为牛犊沟。

当然，这只是我一个人的秘密。

我说："叔叔，咱就在这条沟里砍原木吧。"

他还在兴致勃勃地唱着天下的小调。他只是十分俏皮地摇摇头，以示回答，紧接着又转换了另一首哈萨克人的小调，唱得更加投入了：

　　迁徙的队伍走过哈剌套山
　　有一只随行的驼羔在撒欢
　　你的阿吾勒远去了呀我的心肝
　　黑色的双眼已是泪水涟涟
　　……

再往前就是翁格尔塞,意思就是山洞沟。沟口上有一面巨大的峭壁,峭壁上有一线排开的三个山洞。奇怪的是,三个山洞都呈有规则的长方形,其中有一个,洞口下方有明显的塌陷。这面峭壁加上这三个山洞,很像一个三只眼的怪物守候在那里。我每次经过这里,都要致以注目礼,总想看清那洞里究竟隐藏着什么。不过,这条山沟中树木不多,没有我们可以伐取的原木,倒是灌木丛密布。

穿过一片密不透风的野果林,很快就要到耶柯阿夏——双岔沟了。我忽然在一棵果树树干上看到一个硕大的结子——哈萨克人把它称为乌鲁柯——"果种",那是天然的颜料,用它来染制皮袄皮裤,最好不过了,一件件的皮袄皮裤会被染成古铜色,十分爽眼且永不褪色。谁家巧妇要是得了这"果种",肯定会大显身手,赶制几件皮袄皮裤的。我把我的发现告诉叔叔,要不要先把那枚"果种"摘下来。叔叔说:"那会费时的,我们先伐木去,回来的路上再取这'果种'。"我说:"等我们回来它还会在吗?"叔叔说:"它都在这里候着我们这么久了,不会被别人看到的,归我们的,终归是我们的,走吧艾柯达依,咱们还得赶路呢。"

从耶柯阿夏——双岔沟,乌拉斯台河谷就要分为东西两条大沟,向东的是玉塔斯沟,在沟的源头,那石山的轮廓就像一幢幢房屋,由此得名。往西去叫阿克塔斯(白石)沟。那条沟里,石峰峭壁拔地而起,那一扇扇的洁白石壁巍峨险峻,直逼苍穹。我后来走过许许多多名山大川,但始终再没有见到如此雄伟、洁净的石壁气势。阿克塔斯沟的尽头是一片优美的草原,当你走出石壁紧锁的沟底时,眼前豁然开朗起来,恍若走进一个神话世界,令人惊诧不已。

在耶柯阿夏——双岔沟,有县食品公司牧场的定牧点,我的一个姑姑就在这里守定牧点。他们还种植了一大片的苜蓿,为的是冬日里饲养他们的乘骑。现在,苜蓿地只剩下被芟镰齐刷刷打过的枯黄草根。而在他家马厩上,高高地码着干青色的苜蓿垛子,向世人无声地宣示着这家主人的勤劳与远识——他们过冬的储备早已齐备停当。

叔叔只是跟姑姑打了个招呼,并没有下马的意思。他说:"不在姑姑家逗留了,还要往前赶路,到养蜂场大姑家喝午茶,然后就进山砍柴去。"

姑姑立在门口,很有些紧张地说:"妈妈是不是还在生我们的气?也真是,牛群里偏偏怎么就走丢了她老人家的红牛犊,都怪这老鬼没有看好!"她责怪起姑父来。气氛出现了瞬间的尴尬,时光似乎凝固了那么一会儿。

叔叔却说了一句:"嗨,那是长了四条腿的牲灵,看是看不住的。"他歪骑在马背上顺便问了一句姑父:"你老人家最近进山看你下的铁夹子时,有没有留神在哪片林子里有枯树?还是只顾了自己的猎物,忘了睃一眼那些林子?"

姑父捋了捋山羊胡须,有些矜持地笑了。他说:"都这会儿了,晚了,还指望谁会在深秋里给你留下一棵枯树不成?你瞧瞧我们这些勤快人,过冬的木柴已经码了好几垛了。"他对他这个小舅子不无揶揄道:"去吧,天黑前你要是能找到一棵枯树,晚饭就在我这里了。"

叔叔卷了支莫合烟点燃。姑父是不吸烟的,从兜里掏出鼻烟壶,享用着用杜仲树皮灰和烟叶自制的鼻烟——纳斯拜。似乎男人之间的交流，有时就这样简单，一支烟或一撮鼻烟，就齐了。

天下事也都这样简单该多好。

大姑姑家的养蜂场分在两处。每当夏天，草原上鲜花盛开时，他们就要搬到卡拉噶依勒塞——松树沟上方的一条小湾那里，在那里有他们家盖好的木垛蜂房。

夏日里他们将蜂箱一一搬出来，安置在密林间的小篱笆栅墙内，为的是怕贪蜜的熊夜里来袭扰。入冬前，他们在蜂箱里撒满白砂糖，就收进木垛房里。自己则要搬到下面背靠阳坡的住房来，度过漫漫长冬。当年，当所有的人去伊犁河北岸的界梁子煤矿那边大炼钢铁时，他们在这里还操持过一个小型奶粉厂，成为一方亮点。在我的模糊记忆中，似乎很多领导都来这个作坊式的奶粉厂参观考察过。那时候，小汽车是开不进乌拉斯台河谷里来的。何况县级领导还没有配备小汽车，都是骑着优雅的各色花走马驰进乌拉斯台河谷的。当然，还会有坐着六根棍马车进来的，那已经是相当奢侈的了。不过，在哈萨克牧人眼里，只要是男人，就应该保持武士的风格，应当骑着快马进山。乘着马车进来，有一点臀下沾不了马背的娇嫩感觉，抑或是游走商人？说实在的，他们不会从心灵深处接纳。或者说，让你客客气气地进来，又把你客客气气地送走。换一句话说，你可以趾高气扬地进来，还可以趾高气扬地出去。但是，你和这块谷地的缘分，犹如一场过雨，从天上下来，从地上流走。当然，云来了雨将下来，水走了石头尚在……

后来，因为奶源不足——确切地说，鲜奶按时收不上来，这座小奶粉厂被废弃了。我迄今记得，跟随消灭疟疾治疗队，我跟在父亲后面颠颠地来到这个小奶粉厂，初次看到乳汁变成干粉——奶粉的感觉。我记得我这位大姑姑在我的额头深情地亲了一下，用一只小瓷碗盛了满满一碗奶粉给我吃。确切地说，我有一点羞怯——当着那么多人面，我捧着碗吃这个新鲜玩意儿，多不好意思。我忽然觉得就像我家的那条小狗阿克托什（白胸脯），在一些客人到来时，给它往食盆里倒进一些奶渣，它却很是忸怩地舔食的情景。但是，我依然不可思议，那洁白美丽的乳汁，是怎样变成这毫无活力的干粉——奶粉的呢？我还是小心翼翼地舔了舔那碗奶粉，似乎我不这么做，就觉得对不住我这大姑姑——她在含笑看着我呢。那眼神里有一种满足、有一种鼓励、有一种期待、有一种信任——那是一种源自血脉的信任。这可是她亲手制作的奶粉，我对她充满崇敬。我的舌尖只那么一触，便感觉到了一种异样的香甜。是的，那是牛奶的味道，但又分明不是。那是一种不同于牛奶的甘甜，有点干燥，有点陌生，有点溶化的感觉。就在那一瞬间，这种奇特的味觉记忆铭刻在我心底，迄今不能释怀。

现在，这个早已关闭的小奶粉厂就成了大姑姑家的冬驻地。

正是盛夏时节，我来到大姑姑家，赶上他们在割蜜。新割的蜜就像一碗新沏的红茶，清纯透明，芬芳四溢。大姑姑给我接了小半碗新蜜，说，喝吧，艾柯达依。那蜂蜜散发着百花的奇香，很是诱人。我喝了一口，甘甜无比。蜜汁从嗓子眼里润润地滑下，不像茶水那样顺溜，却依照它自己的特质柔柔地滑向胃里。有点腻，却又令人惬意。我把小半碗新蜜喝完了。那种回味却在我舌蕾间奔驰、弥散，一种快乐和满足迅即在我周身流溢。我仰头望了望天，阳光是那样灿烂，碧空如洗，而在我的耳畔山风轻拂，带来蜂群轻轻的振翅声。一切都那样甜蜜。不一会儿，我开始感到口渴，胸中似有一团火在燃烧。我知道，那是刚刚喝下的新蜜的作用。大人们都在忙活着割蜜，还没有到午茶时间。我便溜到小溪边，匍匐在那里美美地喝了一顿凛冽的溪水。胸中的那团火似被压了下去。

我和叔叔在大姑姑家喝足了午茶，开始向森林进发。遥遥望去，满眼的林子却没有一棵枯树的影子。大姑父也是个好猎手，他说前些日子走过阳坡一条山沟，在沟顶峭壁边缘见到过几棵枯死的松树，只是那边山道不太好走。要去就早点出发，也好早去早回。

这条沟叔叔说他也从未进过，更不要说我了。当我们从沟口进去时，沟的走向让我感到新鲜。明明是向北进的沟口，却忽然深深地折向正西，似乎要和阿克塔斯沟遥遥相连。沟口都是些山杨林，此时树叶落尽，唯有树梢上依稀挂着几片黄叶，随着山风瑟瑟抖动。

叔叔的兴致没有上午那么高了。他现在没再吟唱小调，只是偶或吹起口哨，一脸的严肃，目光始终在山峦上的森林杪梢扫来扫去。我知道他是在寻找枯木。是的，哈萨克人忌讳砍伐青树作柴薪，那是罪孽，所以早上爷爷还在特意叮嘱。由于我骑着犍牛，走不快，叔叔骑着马也快不了，我们只好按照犍牛的步伐前行。没想到这条沟里边还要分岔。我们将一条岔沟走到头时，也没有见到大姑父所说的峭壁，更没有枯死的松树。叔叔说，看来我们走岔了，回返吧，可能是在另一条岔沟里。

太阳已经明显西斜。棕色犍牛不紧不慢地将我们悠到了岔口。再从这里往里走去，渐渐看到一些嶙峋怪石。从下往上看，像是大姑父所说的去处。当我们走到沟的顶头时，确实看到并排有几棵枯死的松树——哈萨克人把这种枯死而没有倒伏的松树称作阿柯松科，只能用来做柴火烧，火势很旺。远远望去，只见它们耸立在峭壁下方的风化石带，通往那里连一条牧道都没有。我和叔叔只好挥缰让驮畜走着"之"字形，向那里攀去。

当我们终于攀到枯树下时，太阳已经衔着西边的山岭了。棕色犍牛满嘴冒着白沫喘着粗气，叔叔的霜额马也是汗涔涔的。我们把犍牛和马拴在一旁，叔叔开始挥斧伐木。斧刃笃笃地砍在树干上的声音在峭壁下回响，转而又荡向远山。白色的木屑飞溅，斜线散了开来，落在风化石带，没入那些碎石中去。

从这里望去，那山坡真陡。不知刚才棕色犍牛和霜额马是怎样驮负着我们攀上来的，现在看下去都有点虚玄。不一会儿，叔叔就把一棵枯松放倒了。他干得很漂亮，让松树向高处倒下，这样待会儿驮运时顺手，要向下坡倒去那就惨了，非得把它顺到沟底才行。但现在天色已晚，根本来不及顺到沟底。

叔叔卷了一支莫合烟，他说歇口气还得砍一棵。跑了一天才找到这几棵阿柯松科枯树，他有点舍不得。我开始砍掉它的枝杈，不然一会儿会到处卡住，没法运走。

又一棵枯松被放倒了。当我们砍净松枝收拾停当时，暮色已经徐徐降临。

叔叔说："我们没法下到沟底了。"

他望了望东边的山脊，说："我们从山脊上下去。"

我看了看，那山脊似刀刃。

叔叔似乎看出了我的心思，说："只能如此了，艾柯达依。"

我默默点了点头，把棕色犍牛牵来。

在这风化石带的陡坡上，人畜走动都很困难，脚下的碎石随时在哗哗地流动着。何况还要载出两棵原木来。尽管枯松少了水分会轻一些，但毕竟是松树，木质沉，而且每棵都有七八米长——尽管为了驮运方便，我们把树梢截去不少。眼下只能一棵一棵地先转运到山脊上，再从那里拉下山去。

棕色犍牛已经缓过劲来，嘴上白沫已净，呼吸也很平静。现在全凭它了。我们将松木的粗头架在犍牛背上，用鬃索扣紧，我牵着它向东边的山脊移去。

当我们把两棵原木都转到山脊上时，天色已经完全黑了下来。夜空中满天星斗低垂，似乎触手可及。山风阵阵袭来，已经有了寒意。我们将两棵枯松一头架在牛背上，一头着地，开始向山下摸去。

还好，山脊上有一条时断时续的牧道。棕色犍牛沉稳地迈着牛步。枯松着地的那一头，不时地碰到山石，发出清脆的响声，从这山脊上蔓延开去。有时，那声音会有一种金属的质感。叔叔骑着霜额马在前边引路，我骑着棕色犍牛紧随其后。

直到此时，我才感觉到饿了。中午的茶早已不知去向，尽管我美美地享用过大姑姑家的蜂蜜和酥油，但是现在已经饥肠辘辘。叔叔说："饿了吧，艾柯达依，咱们等一会儿就到山下了。"我说："没事的，叔叔。"

· 187 ·

圆圆的月亮不经意间从东边升起,把银辉洒向山峦。我发现原来月亮也能照亮天下。现在,远处山峦的轮廓依稀可辨,足下的牧道也能瞧见了。棕色犍牛十分老到地认着牧道,顺着这无限延伸的山脊走来。其实,这山脊方才看着似刀刃一般,现在看来并不那么奇险。我暗自庆幸。

然而也就在此当儿,叔叔从前方唤道:"小心,艾柯达依,这里有石坎。"我看到从他马蹄下马铁掌碰着岩石迸出的火星。是一块巨大顽石形成的石台。牧道是从这石台上越过的。我从棕色犍牛背上跳下来,把它的鼻绳盘在犄角上,任它自己下去。只见那棕色犍牛庞大的身躯一跃而下,稳稳地立在石台下面,遂又径自朝前走去。两棵枯松也在石台上发出响亮的碰撞声和着地反弹声,在月光下反着白光,接着,顺从地随着棕色犍牛而去。我为棕色犍牛感动起来,你真棒,我的朋友。我在心底喊了起来。叔叔索性兴奋地喊了出来:"好样的!棕色犍牛!"

现在,山脊变得缓和起来,牧道折向了山侧。已经隐隐可以听到河水的喧哗声,显然,我们已经接近河谷。叔叔说:"我们离开牧道,顺着山势走下去吧,肯定能直接下到玉塔斯沟底的。"

我们忽然走出月亮的光区,进入对面的山在月色中投下的阴影里,不一会儿就走在了河边。夜里的河水喧哗声盖过了一切。枯松木触地那一头发出的声响,完全被河水声吞没。当经过大姑姑家门前时,她家窗口透着马灯的光亮。叔叔让我在路上等着,自己拨转马头到大姑姑家门口,立在马背上报了平安,便匆匆地赶了回来。

于是，到了耶柯阿夏——双岔沟，在姑姑家下马进晚餐。叔叔和姑父调侃了一阵，便要重新上路。姑姑和姑父一家都要我们住下，等天亮再走。但是叔叔执意不肯住下，他要连夜赶下山去。他说："哈萨克人为了砍柴还在山上住一宿，这话让人听了我丢不起这个人。就是连夜爬我也得爬出乌拉斯台河谷去。"

从姑姑家出来，可以看到这里那里的牧人家暗淡的灯光，传来哈萨克牧羊犬雄浑的吠咬声。

当我们经过我看到那棵果树上生有"果种"的野果林时，我们还是没能停下。也许，我将和这枚我所发现的"果种"永远失之交臂，我在心里暗忖。但是，我对我白天的发现很满足。那枚暗红色的"果种"的纹路在我眼前此时依然清晰可辨。

叔叔叼着的烟卷亮了一下，我想象得出从他鼻孔冒出的那一缕烟，是怎样携着他肺腑深处的舒惬弥散开来。"艾柯达依，让我们的'果种'继续留在那棵树上吧，属于我们的，依然会是我们的，咱们先赶路吧，艾柯达依。"叔叔的话语夹杂在原木着地那头划出的声响和远处河水的喧哗声中，向我耳畔传来。

我没有回应，只是点了点头。我想，叔叔是能感觉到的。

航　标

那天，雪后天晴，天空传来直升机的轰鸣声。

这可真是一场罕见的大雪，山口都被封死了。圈里的牲畜出不了牧，门前的雪堆积得快要赶上阳坡的木屋顶高。老人握着手中的半导体收音机听得细致，广播电台传来政府正在组织抢险救灾的消息——公路行不通了，已经派出了直升机。近处矿点的民工已快断炊，有人冻伤。这不，果然直升机飞来了。

巩乃斯阳坡的牧村虽被厚厚的积雪压着，但是压不住那些大姑娘小媳妇们心头的火苗。她们叽叽喳喳的，从收音机中传来的喜讯就像雪后的阳光，一下照亮了她们的心田。她们听着直升机的轰鸣声，笑逐颜开，在家里翻腾着，赶忙把自己那一身只有节日和喜筵上才穿的鲜艳的衣服穿上，打扮好了急切地等待着直升机的降落。她们甚至遐思如飞，想象着在这个洁白的世界乘上直升机，凌空飞翔的惬意感觉。镇上一定很热闹，她们要是凭空而降，镇上的人还不惊呆了。

十分遗憾的是，不知怎么，直升机没有降落，轰鸣着盘旋了一圈，又像一只夏日的蜻蜓那样远去了。唯有螺旋桨在碧空留下难以觅迹的振痕。

"没看见，他们没看见我们。"老人喃喃着。他心里清楚，在这茫茫的白色世界，别说人驾驭的飞机，如果没有一点鲜红的猎肉招引，就连鹰都可能难觅真迹。他想。应当爬到对面那座山坡上去，那里地势高，或许能让直升机上的人看到。反正窝在家里待着也是待着。

翌日上午，老人凭着经验和毅力攀上山坡。要在春秋之际，他骑着黄骠马，一溜水似的便会驰上那座山坡的，可是现在，他足足用了一顿茶的工夫才攀上那座缓坡顶。雪的确太深了。世界一片洁白，巩乃斯河湾里的那一片片次生林轻描淡写地标示着河流的走向。在远处天际，蓝天与天山主干雪峰之间有一道清晰的曲线在起伏，划开了天与地的界限。真是难得的晴天，老人心底忽然萌出感动。

也就在此时，天边出现了一只苍蝇大的黑点，渐渐的那黑点开始放大。不久，便传来突突的轰鸣声。是的，是直升机！它又一次飞了回来。老人开始向天空招手，就像一个放鹰人在召唤自己的猎鹰飞回。然而，那只鹰并无反应。难道放野了不可？当那只鹰在头顶盘旋时，老人忽然急中生智，脱下大氅，在那里拼命挥舞起来，大氅似一面黑色大纛在他手上飘舞。那只鹰终于看到了，他敢肯定。于是，渐渐地，那只鹰开始向他靠近，开始降低。他忽然为直升机感动起来，它竟然能垂直下降！一层层的雪浪开始从他四周升腾，扬起的雪尘又落在他的眼睫毛、胡须上。他来不及挥去，他觉得那是落满须睫的喜悦。直升机在快要接近雪坡的当儿悬空停住了，表面的浮雪被螺旋桨下的气流掀去后，下面的雪床岿然不动。直升机的门开了，放下一个精巧的悬梯。有人在向他招手，那一身着装他第一次亲眼看见。他觉得很有趣。"你九层的绫罗绸缎，御寒敌不过羔羊皮。"他突然想起了这句哈萨克民谚。他们这身服装在雪地里能顶事吗？他不敢肯定。

他顺着悬梯上了直升机，那铁鸟便倏然腾起，他的心随之提了起来。他向直升机上的空军抢险人员用手比画着，"那个地旁（方），那个地旁（方）……"他不会汉语，只会说这么一两句。抢险人员明白了，通知飞行员。于是，直升机一个侧转，便飞向山谷，就那么一眨眼，便飞到了小牧村上空。那一群身着花花绿绿的女人，争先恐后地奔向飞机，全然顾不上螺旋桨掀起的巨大雪浪和荡漾的冰冷雪尘。那是老人和邻家的女儿和儿媳妇们。直升机悬空停得很低很低。那些女人们叽叽喳喳地攀上直升机，女儿就说："阿塔（老爸），阿帕（老妈）说要给留下的男子汉们烧茶做饭，家和牲畜得有人照管呢。"

老人嗯了一声。他在机舱深处，舱门已经被女儿和儿媳妇们堵塞了，他没法下去。当最后一个女人上来时，机舱门便关住了。于是，轰鸣的螺旋桨声将他们与雪原和雪原下的大地瞬间隔开，机身腾空而起的当儿，女人们不约而同地不无欢快地惊呼一声。不一会儿，直升机便平稳飞行了。有胆大的，从舷窗望出去，啧啧称奇。

其实，从他们的牧村到镇上原来就这么近，那点感觉还没过瘾呢，飞机居然就在镇中学的操场上降落了。要是骑着马或乘着雪爬犁来，那还不得小半天工夫。

更令他们惊奇的是，一下飞机，他们便踩在红绸缎上了。他们觉得这有点不可思议。"哎呀呀，这么好的红绸缎，要是裁裙子可够咱们每人做一身了。""做被面呢？"有人问。"那还不做个十几床被子。好呀，你出嫁时就给你做新娘被。""你坏！你坏！"显然，这是姑嫂间在打闹。她们似乎被方才的飞行搞得有点晕乎乎的，已经顾不得老人在身边了。生命的活力有时就是这样。

老人其实也很诧异。他问了问近旁的人。他们说:"嗨,这直升机要降落,说要航标明确,要划出个红色十字来。当时也找不到红色颜料,只好用煤渣在旅店后面的空场上画了个黑色十字,这只呆鸟就是不落。所以昨天一天它空返伊犁了。不得已,连夜又从供销社仓库翻出一匹红绸缎,今天一早剪开在这个操场铺成这个红十字,这只呆鸟才落下。对了,就像您老人家的鹰只认血红一样。莫非能飞的鸟儿都是这德性?"

老人无可奈何。

这时,负责雪灾灾民登记的民政人员过来登记了他们的人数,询问是否愿意乘机飞往伊犁。老人和女儿、儿媳妇们一致摇头。他们说:"不了,谢谢这个直升机,谢谢政府让我们飞到这里,镇里有很多亲戚,我们正好去看望看望他们,走走亲戚。"

于是,采矿点的民工们被依次送上了直升机,他们要飞到伊犁,再要到远方的老家过年去。他们说那边很温暖。老人觉得,冬天就该有个冬天的样子,冰天雪地,洁白无垠。在冬天里还很温暖的地方,有趣吗?他想象不出。

第二天午茶过后,老人和一群女儿、儿媳妇们坐着镇上亲戚家的大雪爬犁,一路向着阳坡沟岔里的小牧村赶去。他们一路上的话题,还是昨天被直升机接回镇上的飞行感觉,全然忘掉了那块让他们惊异的红绸缎。他们甚至对直升机是否沿着这条乡间大道上空飞行,发生了小小的争议。

老人没有插话,他觉得这并不重要,重要的是,他们又将平安赶回自己的小牧村去。

心瓣膜

那是一次偶然发现。

那天晌午,她的呼吸突然变得急促起来,喘口气都显得困难,胸口发闷。这种体味从未有过。她本能地张了张口,试图缓解胸闷。她以为这是一次偶然的难受,并没有在意。于是,一连几日,这样的情境多次重复出现。她毕竟是内科医生的女儿,她想起了给父亲通个电话。虽然住在同城,但是在这个信息时代,一切不如电话来得便捷,尤其是手机,简直是分秒之间便可以畅达彼岸。父亲的声音穿过深邃的空间从手机那一头传来,她甚至听得出父亲声音背后的空音。父亲很是镇静,他说:"你去一下医院吧孩子,做个彩超看看。"

不一会儿,她便接到了姐姐的电话。姐姐有些吃惊,在电话的那头关切地问:"怎么了,妹妹,你怎么了?你现在不要动,我马上开车过去送你去医院。"

她本来想说"没事的,姐姐,你不用过来,我自己去医院看看就行了",但是,话一出口怎么就成了——好吧,姐姐,我等你。她为自己暗暗吃惊,马上就要奔四十的人了,儿子都上了初三,怎么还会这样依赖姐姐?她甚至听得出自己刚才的话音有些发嗲——在明显地撒娇呢！真是长不大呀你！她在心里对自己说道。没办法，姐姐就是姐姐。只那么一瞬，她又在心里替自己开脱着。

这就是居住在同城的好处，不一会儿，姐姐就驱车赶到，风风火火地将她塞上自己的车开往医院。其实，姐姐曾经也在这家医院工作过，人头很熟，还有几位同学也在这里，现在都是各科的顶梁柱。所以，不费周折，一会儿就把彩超手续办利落了，甚至不用排队，直接进了彩超室。彩超室的医生很惊讶这姊妹俩的突然出现，还以为是她们陪哪位来瞧病呢。没想到是给妹妹来做彩超的。

彩超的结果让她们更是吃惊——原来妹妹居然有先天性心瓣膜缺损！"什么？！"姐妹俩顿时目瞪口呆。尤其她，眼前一黑差点晕厥过去。她突然变得绝望起来，自己怎么就这么不幸呢，居然生下来就是一个心残的人，而且活了四十年都不知道！天哪！命运为什么对自己如此不公？姐姐手颤抖着正在拨通一个电话，好像是在给那位已经成为卫生厅副厅长的同学在打电话咨询什么。而她，首先想到的是给父亲打电话。父亲虽然退休多年，但也曾是这座城市的心血管病权威呢！命运难道是在捉弄我吗？她的喉咙有点堵，眼角有些发潮……

"爸爸……"

电话通了，传来父亲温暖的声音。那种温暖顷刻弥漫了她的周身。她觉得自己的声音有点哭腔。"爸爸，彩超结果出来了，医生认定我是先天性心瓣膜缺损……"

她几乎已经泣不成声。

电话的那端是一个长时间的空白。

她为自己自制力如此脆弱萌生愧意。她控制了一下情绪，说："爸爸，您在听吗？抱歉爸爸，我不该在电话里哭。"

一声沉重的叹息传来。"好吧孩子，要哭就哭一会儿吧，我听着呢孩子，真对不起孩子，我怎么没有早发现呢……"

她已经忘记了这是什么季节，陷入一种空前的迷茫。她被姐姐安排住进了心内科病房。姐姐说，你可不能出个三长两短，要住在病房由医生全天监护。

姐姐自此开始发动一切关系，为能治好妹妹的心瓣膜缺损奔波。为了妹妹，她甚至从这一刻起，开始转换角色成为准心脏病医生了。

不出一周，姐姐已经搞定一切。在首府的权威医院可以做心瓣膜缺损修复术，而做此手术的主刀医生正是她医科大的同学，出国留学归来，已是领军人物。

姐姐办好了转往首府医院的手续，且预约好了手术时间，便乘火车去往首府。

在临离开病房前，妹妹还是找到了心内科主任，她忧心忡忡地问："我不知道我能不能好起来，能不能将儿子带到考上大学。"内科主任安慰了她，让她不要多想。"先天性心瓣膜缺损，到了这个年龄上，危险系数不会太大。只要按时服药，保守治疗也会见效。"内科医生的建议往往都是十分谨慎的。但是，姐姐执意要她到首府医院接受手术治疗。她说，现在医疗技术这么发达，人工心瓣膜也是进口的，何况主刀医师又是老同学，医术高明，手术治疗应该万无一失。

她从小听姐姐的话听惯了,也一向相信姐姐的话。

在首府医院临进手术室前,她还和父亲通过电话。父亲宽慰她。但她还是从父亲的话里听到了某种更为深沉的意味。躺在手术台上,她还问了一句主刀医生:"大夫,我能好起来吧?"医生也在安慰她不要紧张。之后,麻药发挥了作用,她沉沉地睡了过去。

那冰冷的手术刀划过胸前的疼痛她全然不知。她应当是无意识的,但是,很奇怪,她看到了父亲深沉的目光,看到了姐姐急切地守候在手术室门口,看到了儿子期待的眼神。之后,她便在手术台上永远地睡了过去,她不知道,那时她心瓣膜缺损的心室刚被打开……

前三门四号楼

对面就是新华社。有趣,还挂着中国证券报社的牌子,还有新华印刷厂。他常想,如果把这个印刷厂置换到郊外,把这座楼拆了重建,那该会是什么样?

他常常怀疑自己有洁癖。不然,怎么会突发奇想,在门口又置了一个废纸篓呢?至于是哪天放在门口的,他也记不清了。久而久之,他已养成一个习惯,每天早晨上班出门时,要把门口废纸篓里的那点垃圾装袋带下去,扔进分类垃圾箱,他才会觉得心安理得,快乐的一天似乎从这一刻才开始。

不过,有一段时间让这一刻变得有些窝心,甚至于让他心头添堵。他发现,每天早晨他的废纸篓里居然塞满了不属于他家的垃圾,更有甚者,那些垃圾竟是用黑色塑料袋打包好了的。这是谁呢?他在想。

他本以为,这或许是新邻居们的交际方式——这座建成于20世纪80年代初的居民楼,根据当时的条件设计,房间颇为局促,厨房、厕所、客厅都是小到几乎微型了。所以,现在很多老邻居纷纷将这老房出售或出租,住到更广阔的四环、五环外的宽宅去了。他之所以不走,是对这里的环境熟悉了,这里出门就可以乘地铁,公共交通也十分便捷，如想打的也是招之即来，招手即停。但是，那些邻居们出售出租的老房，进来很多生面孔，操着各地的口音，有些人还颇为气宇轩昂，这让他内心隐隐地有些不爽。

这种差不多有流水线包装风格的垃圾袋，在他的废纸篓里已经增添一段时间了，他已经开始从惊异、无奈到几乎是忍无可忍了，却是束手无策。他每天默默地为那飞来的垃圾袋做出体力贡献的同时，一直在心里琢磨着该怎么办。他设想了若干种预案，都被自己一一否决，终于有一天，他恍然大悟，原来，最复杂的事情，可以用最简单的办法解决。

他决定，每天再早起一点，然后把门镜打开，守在门后窥望过道。他发现，那小小的门镜居然有180°的视野，过道里的一切尽收眼底。现在，万事俱备，只欠东风——他以极度的耐心等待着那个垃圾袋包装者的飘然出现。

在他的视线里出现了一个年轻人，衣着时尚，从头上的棒球帽到脚上的运动鞋，都画着一个显眼的对号，而且一身洁白，看着都让人养眼，那张娃娃脸，更是让人看着舒心。他觉得现在的年轻人真是幸福，他为这样的年轻人心底涌动着暖流，他惬意极了，甚至有点陶醉……他完全没有意识到的一个举动将他从几近于沉醉状态中唤醒，他刚才全然没有注意到年轻人手上提着的黑塑料袋，在经过他门口的那一刹那，十分熟练地被丢进了他家的废纸篓。

他差不多是冲出门去的，冲着那个白色背影几乎是吼了起来："回来，你！"

年轻人颇有些诧异地回过头来。他愤怒地指着废纸篓里的黑色塑料袋，怒声问："这是什么?!"

年轻人微微一笑，脸上有一抹不易察觉的红晕飘过，他回转身捡起了黑塑料袋，匆匆赶往电梯那边。

他浑身颤抖着立在那里，许久许久才平静下来。

之后的日子恢复了常态，他依然每天早晨上班出门时，要把门口废纸篓里的那点垃圾装袋带下去，扔进分类垃圾箱，他的快乐的一天才会从这一刻开始。

然而，新出现的更为奇异的一景令他彻底困惑。

那天早上，他出门时欲将垃圾袋带下去，可是废纸篓空空如也，那垃圾不知去向，他百思不得其解。第二天，第三天……连续一周，天天如此。这令他十分好奇又十分不安。他想起了自己最简单的解决问题的妙法——重新站在门镜后面窥望。

一连几天他都扑空了，他起床先看一眼那废纸篓，里面的垃圾还在，他便转身去如厕洗漱，再转身回来时，废纸篓就空了。

这一天，他起了个大早，遏制住一切如厕洗漱的欲念，牢牢地立在门镜后面，目不转睛地窥望着过道的一切。一个个新老邻居走过去了——这里的租住户经常更换，房租也在不断变换，所以，有很多新面孔他不熟悉或不太熟悉。他们每个人手上拎着不同的包或纸袋、塑料袋，急匆匆地从他眼前经过，可以想见，下楼他们就会融入二号线地铁车厢"合影"的洪流，抑或在环线公交车上继续打盹。

在不经意间，他的视觉告诉他，有一个人弯腰拾取了他家废纸篓里的垃圾袋。起初,似乎那人没事似的从容走来,经过他家门口时略略怔了一下,目光触及废纸篓里的塑料袋,他便弯腰拾取,与手上自家的垃圾袋一起,拎着走向电梯。

他彻底懵了。他仔细回味每一个细节,是的,就是如此。那个面孔他还不十分熟悉,是新近搬进来的,据说来自遥远的巴西,娶了一个北京姑娘住进这楼里的……

翌日清晨,他依然立在门镜后面守望,当那个熟悉的身影走过来,习惯性地提起废纸篓里的垃圾袋的当儿,他跑出门来,对那位罗纳尔多的同胞说:"谢谢你,兄弟,这活儿我自己来。"他们腾出右手来,互相真诚地握了握手,一笑而别。

他想起了自己的住址,这里是前三门四号楼,对面就是新华社。

猎鹰手

这个地方叫萨尔托盖,意为金色河套林。其北边是上阿勒泰山,东边是北塔山,南边是一望无际的准噶尔原野边缘,乌伦古河便由此向西逶迤而去,一路袭向大小乌伦古湖(1942年起改称为福海),在那里蓄成两只蔚蓝色的眼睛,不倦地注视着苍穹。

乌伦古河的上游,其实就是从那上阿勒泰山和北塔山之间的夹缝里流淌出来的,在溯河而上折进阿勒泰山的当儿,河水与那条河谷齐名,叫青河。

此时正值隆冬,萨尔托盖——金色河套林已被皑皑白雪覆盖,除了偶或艰难地挣扎于山杨树杪梢的几片枯叶,河套林的金色气势已黯然无存。

在这天寒地冻的苦寒之地,漫长的冬季显然是农闲时节。而牧群也已迁徙到遥远的准噶尔盆地的南端,靠近天山北麓的沙梁和荒漠草原地带过冬。驻村工作组的几位,在向冬牧场送走了最后一批牧人后,忽然就清闲下来了。白天里放眼望去,除了雪山就是雪野,蓝天覆盖着一片白色世界,显得寂寥而空阔。这时候,一种念想便会悄然爬上心头。但是,工作组是有规定的,不准成员随便跑回县城或远在萨尔苏木别——阿勒泰市的家去。好在现在是信息时代，随时随地可以通过手机与家人联系。不过，还是得要转移转移注意力，排遣排遣内心的愁绪才好……

忽然有人有了好主意——阿桑说："咱们放鹰吧。"

其实，这会儿正是放鹰的好时节，为了御寒，狐狸和狼密茸茸的毫毛长齐了，那正是猎获它们做狐皮帽子或狼皮大氅的最佳节令。

于是，他们几人开着那辆老掉牙的北京212吉普，来到阳坡那位老猎人家。他们知道，老人家养了一只阿勒泰山白翎猎鹰，远近闻名。哪料老人家竟一口回绝。他说："你们不是放鹰人，放不了鹰。再说了，我养这只猎鹰也不是给你们放着玩的。"虽说老人家用香喷喷的奶茶款待了他们，但他斩钉截铁的回绝让他们扫兴而归。

日子就这样一天天过去了，平淡甚或几近索然无味。

那天晚上，他们吃过晚饭，喝了点小酒，正围坐在一起打扑克，忽有人急急叩门。在开门的当儿，来人裹挟着一股白雾腾腾的寒气进来。起先，他们并没有在意来者是谁，反正当地农牧民偶或找到工作组反映一些情况也是常事。当来者摘下巨大的狐皮帽子的瞬间，他们看清了这是一位年轻人。

探寻的目光齐刷刷投向这位来者。年轻人有些局促，他差不多是嗫嚅着说："我知道，那天你们去我家时我不在家，我父亲没有把猎鹰给你们。可是，今天我父亲住县医院了，他不在家，那鹰你们可以拿去放了。"

"是吗？太好了！那我们明天早上就过去！"

他们几位兴奋起来。他们还没来得及让座，年轻人就说他得走了，转身消失在门外。

翌日清晨，早茶过后，工作组几位开着那辆北京212吉普来到老人家门口。老人的儿子——昨晚那个年轻人，将他父亲那只戴着眼罩的阿勒泰山白翎猎鹰交到工作组手上，并且把父亲用来架鹰的皮手套也拿了出来。

工作组几位一致推举阿桑戴上皮手套架鹰。

于是，他们踌躇满怀地出发了。

按说，哈萨克猎鹰手放鹰是要骑着快马的，那样，鹰与猎鹰手相互默契，见到猎物，只要猎鹰手摘下猎鹰的眼罩，顺手将猎鹰架向空中，那猎鹰便会腾空而起，在高空中盘旋积蓄力量，锁定目标后，一个呼啸俯冲，眨眼间就会扑住猎物，期待主人骑着快马到来。

然而，工作组这几位一则是马匹不够，再者是觉得大冷天的，骑在马背上抵不住严寒，他们的着装已经城市化了，那单皮鞋还没在马背上蹬几下马镫，双脚肯定会冻僵的。所以，他们早就商定就用这辆北京212吉普来放鹰。

现在，他们让阿桑坐在副驾驶座上，摘掉副驾驶座的车窗，身着厚厚的军大衣，手戴架鹰的皮手套，将戴着眼罩的猎鹰架在上面，一副蓄势待发的样子。

于是，他们告别了老人的儿子，北京212吉普一路轰鸣着绝尘而去。白色的雪尘在车尾飘起时，折射着七彩的阳光，甚至形成了小小的夏日彩虹。这在寒冬里真是不可思议。

小汽车就是小汽车，不知疲倦地在雪野里奔驰。要是骑马，那马匹早就大汗淋漓了。只不过由于摘掉了一扇车窗，车里平地生风酷寒无比的同时，还夹杂着浓烈的汽车尾气，有些呛人。

　　在看似大平小不平的旷野上，小汽车颠簸着。猎鹰戴着眼罩看似也在顺着汽车颠簸的节奏前仰后合一颠一颠的，尾巴也在一翘一翘地晃动。然而，谁也没有意识到，就在猎鹰尾巴又一次翘起的当儿，哗的一声，只见一股白色秽物由鹰尾底下喷射而出，喷得阿桑满脸满身都是白色泡沫。原来猎鹰也承受不住北京212的颠簸，不得不排泄出来——禽不尿尿，自有门道。大家只好停下车来，在雪野里用冻得近似干粉的白雪为阿桑净脸净身。世界就是这样，有人死去，有人则会快乐。车上的几位果然忍俊不禁，哈哈大笑起来。阿桑只好自认倒霉，好不容易把满脸的鹰粪擦净，这才露出他面庞的本色来。而黄色军大衣却被鹰粪白渍搞得彩色地图一般，怎么揩擦也擦不净污渍，只好作罢。

　　这时出现了小小的分歧，就此作罢呢，还是继续前进。最终是后一种意见占了上风。"猎鹰好不容易到手，这还得感谢老猎人住院和他儿子及时报信，否则哪会有此刻的惬意时光。你阿桑就忍着点吧，事已至此，你就继续架鹰前行，我们为你殿后。"

　　无奈，阿桑继续坐在副驾驶座上，架鹰迎风而行。

　　快近晌午时，他们终于发现了一只跃起的雪兔。这让众人顿时紧张而兴奋起来——雪兔虽小，毕竟也是活物，应该放鹰猎捕——他们要的不是猎物本身，而是捕猎的过程。

阿桑果断摘下猎鹰的眼罩,将架鹰的右手探出车外,高举着猎鹰,试图让它起飞。然而,猎鹰依旧是顺着小汽车颠簸起伏和迎面掠来的风势,前仰后合,尾巴一翘一翘的不肯起飞。雪兔已经不知消失在哪座雪堆后面了,一切显得那样的不巧。他们只好停下车来。这时他们才发现,那只猎鹰瑟瑟发抖,紧闭着双眼,压根没有了精神,更甭说展翅翱翔长空,搏击猎物了。原来,猎鹰已被汽车尾气熏晕了。唉,可怜的鹰,你本该在马背上与主人一道驰骋,腾空而起,叱咤风云……他们只好作罢,驱车将鹰送还,与老人的儿子约定当鹰精神好转后再次出猎放鹰。

翌日清晨,老人的儿子骑马架鹰,自己找到工作组驻地来了。他不无谦恭地说,这鹰昨天是被汽油味熏着了,不过,呼吸了一夜的新鲜空气,它已经完全恢复了,今天肯定不会让你们失望的。

他们几位短暂地交换了一下意见,旋即决定,今天改乘皮卡放鹰。当然,最好是让年轻人架鹰立在车上,他们几个坐进驾驶室。

这个决定很快付诸实施。老人的儿子将坐骑拴在工作组门前的拴马桩上,也没有顾上在坐骑前放上一束干草,匆匆忙忙架着鹰就翻上了皮卡,那几位一一坐进驾驶室。于是,在冻人的寒气中皮卡呼啸着驶向旷野。

放鹰狩猎果然奇妙无比,他们甚至忘记了午餐,忘却了饥饿。在接近黄昏时分,终于看到了一只狐狸的影子。他们兴奋地摇下车窗,阿桑向车上的年轻人呼喊:"快拿下眼罩,放鹰!那边有一只狐狸!"

年轻人果断摘下眼罩放飞猎鹰。猎鹰直冲苍穹,在高空盘旋了一会儿，突然后掠收起双翼，带着悦耳的呼啸声向远处俯冲下去。

皮卡开得更加疯狂了，他们也不管地形坑洼坎坷与否，划过雪野，径直取向猎鹰俯冲着陆的去处。

在黄昏的暗光中，他们看到猎鹰似一座铁塔将狐狸牢牢锁定在身下。赶到近前时他们看清了，猎鹰的左爪抠住了狐狸的臀部，而右爪正好扣住了狐狸的尖嘴，狐狸的脊椎显然已经被猎鹰强有力的双爪挫断。猎鹰的一只尖爪甚至深深地嵌进了狐狸的一只眼睛。

阿桑不无快活地叫着："都说猎鹰捕猎先抓猎物的臀部，当猎物企图反咬时，便会顺势抓住猎物的头部，将其脊椎挫断毙命。我一直将信将疑，耳听为虚，眼见为实，果然如此！果然如此！"

老人的儿子也跳下皮卡，抱起了自家的猎鹰，他在不住地抚摸着得胜的猎鹰。

阿桑三下五除二便把狐狸皮剥了，按照哈萨克猎鹰手的传统方式，将还冒着热气的狐狸肉喂到猎鹰嘴边，以犒赏这位得胜者。老人的儿子接了过去，让猎鹰在雪地上尽情享用。猎鹰很是满足地撕扯吞咽着带血的狐狸肉，它对小主人很是满意。

猎鹰终于吃饱了。于是，他们卷起剥下的狐狸皮，撇下剩余的狐狸肉，纷纷上了皮卡回往驻地。

伙夫已为他们做好了晚餐。室内暖烘烘的，让他们感到无比惬意。正当他们享用晚餐时，老人的儿子无意识地摸了摸自己的双耳，他突然惊叫起来："我的耳朵怎么了？！"

阿桑和那几位一眼看过去，惊呆了，年轻人的两只耳朵变得有两个巴掌般大，还起了水泡。

"冻伤，是冻伤！"阿桑也喊了起来。他立即冲出门去挖来一桶雪，就地给年轻人干搓起耳朵来，他试图以这种方式给他治疗耳朵冻伤。还算见效，那两只耳朵的肿开始消退。年轻人呻吟道："我的两只脚也没知觉了。"

阿桑旋即又为他脱去单薄的皮鞋，年轻人的两只脚已经紫胀紫胀地肿了起来。阿桑又为他用雪搓起双脚，总算有了血色。于是，他们丝毫不敢怠慢，立即拉着年轻人乘上皮卡，开往县城医院，年轻人父亲就住在那里……

这一夜，人们手忙脚乱的，全然忘记了年轻人早上骑来的坐骑，没人添草添料，那匹马在拴马桩上整整饿了一宿。早上人们醒来发现，那匹马身上挂满了白霜，见了人，马居然求救似的在冬天里打着响鼻，咴咴嘶鸣……

灰　灰

老张退休也近五年了。他由最初的不适应，到渐渐地适应了退休后的生活。

有趣的是，夫人养了有10年光景的两条小狗，居然成了他家生活的中心。夫人55岁就退休了，还在退休头两年，她就张罗着养了两条小狗，一条是深棕色的，一条是灰色的。当初说起来，他心里那是一百个不情愿，但也只能是在心里不情愿而已，丝毫没有挂在嘴上，也没在脸色上有所表现。他们倒是给两条小狗取了个最普通的名字：小棕狗叫黑黑，小灰狗叫灰灰。

很快他家形成了一种新的生活秩序。邻里街坊从他嘴里或多或少获知了这一新的生活秩序的内容。每晚他和夫人都下来遛狗，一人牵着一条，人们常常可以看到他夫人牵着黑黑，他牵着灰灰，在院子里溜达。

当然，有时也会看到他一个人或他夫人一个人出来遛黑黑和灰灰。无疑，每当这时，不是夫人回了娘家便是老张有了应酬。夫人是个十分安静的人，遛狗时遇到熟悉的邻里，至多也是含笑点点头而已，没有更多的话。老张则不同了，他人热情开朗，见着邻居总会主动打招呼。

于是，邻居们就会问："老张，遛狗呢？"老张就会十分热情地答非所问："嗨，甭提了，现在是我给老婆做饭，老婆给狗做饭！"

有一次，大清早看到老张遛狗，那两条小狗拽着绳子跑在前面，老张紧赶慢赶跟在后面，那两根绳显然被小狗扯得绷紧了。正好一位邻居下楼来遇见了他，便顺口问："老张，遛狗呢？"

老张似乎被两条小狗激得有点愠怒，依然答非所问："嗨，这哪是遛狗呀，是狗在遛我！"显然，这是老张退休以后的事了。有一段时间，邻里们发现老张情绪有些波动，也就不多问了。

渐渐地，这院里退休的人开始增多，老张的老伙伴多了起来。于是，他们开始在一起下象棋、打扑克、搓麻将，顺便还能传递传递小道消息，有时也颇具针砭时弊的意味，发泄发泄对某些看不惯的事物的不满。

当然，也有几位身体好的，每周总能找个机会聚聚，喝上个几盅。老张正好入了这个小圈子。酒桌上的事就不好说了，有时一高兴，保不齐酒也会跟着多一点。

每次这样回来时，他便会受到夫人的轻责。不过，他心里是高兴的，因为和那些老伙伴们聊得那叫一个痛快。

这期间发生了一件不可预料的事，他家的黑黑不治而亡。这给他夫人情绪带来很大的挫伤。有那么几天，他夫人食不甘味、夜不能寐，甚至还为黑黑流下过伤心的泪水。

由是，灰灰自然成了他家的中心。他们的儿子研究生毕业后，被聘到香港一家金融公司去了，一年到头也不回家，更甭提结婚娶妻生子的事了。他们两人差不多成天围着灰灰转，老张更是灰灰长、灰灰短地叫得心欢。

更惨的一幕接踵而至——灰灰突然双目失明。他们抱到宠物医院去看，宠物医生做了仔细检查后宣布，灰灰患的是青光眼，已处不可逆转期。老两口望着灰灰突然感到心底一阵悲凉——原来，不论是人是狗，都会患病，而且生命总有终期。这一点算是彻底悟明白了。他们心照不宣地彼此望了望，夫人甚至忍不住两行泪下。

从宠物医院回来，他们对灰灰更加呵护备至，老张为夫人做好三顿饭菜，夫人专为灰灰做饭，精心呵护，甚至每晚都抱在自己床上，与灰灰同眠于一条被。

灰灰虽然视力已经终结，但是，凭借超常的嗅觉和听觉，依然会在家里与两位主人共度时光，默默体验着生命的旅程。

每天早晚，他们还会将灰灰抱下楼来溜达，灰灰总会在他们身边形影不离。不知内情的人，还不知道这是一条双目失明的小狗。

有一天晚上，老伙伴们又在院里的小餐馆相聚小酌。这晚不知是聊得尽兴还是话太投机抑或是酒劲太烈喝得太猛，老张不知不觉就喝多了，几乎走不回自己的家，是两个老伙伴搀扶着他上了电梯送到家门口的。

想不到自打老张一进门，夫人便发起火来。她高声数落着老张："都这么一把年纪了，也不知道自重，瞧你都喝成什么样儿了……"

老张试图为自己辩解："我……刚才……可能……空腹……喝

了……几杯……酒……就……上……上……头……了……"

老张抑制不住打了几个酒嗝，脚底下拌蒜——趔趄着。

夫人当下叫了起来："你看你，要吐了吧！瞧你这副德性！都醉成什么样了，你！"

这时，一直在一旁静卧的灰灰突然冲着夫人汪汪叫了起来，引得夫人不免略略一怔。

老张嘴里含混地嘟囔着什么，依里歪斜地走进自己的卧室，和衣躺倒在床上，一切便浑然不知了。

第二天早上醒来，他发现灰灰破例地蜷伏在自己脚边，依偎着他的脚。老张不觉把灰灰抱在了怀里。

老张忙碌的一天又开始了，他一下床就忙着给夫人做早饭，夫人也忙着给灰灰做饭。但是，奇怪的一幕发生了，灰灰不愿意吃夫人做好的早饭，蜷伏在老张床上不肯下来。

夫人努努嘴，示意着灰灰，说："自打昨晚你酒醉回来我絮叨你几句，这灰灰就不肯进我的屋，跑到你床上过了一夜。"夫人在一旁轻轻摇头。

老张鼻根突然有些发酸。他克制住自己，心想，难道我真的是老了？

我的苏莱曼不见了

那天,赛肯到得早些,没想在工场门口有一个人到得更早。不认识,完全陌生。不过,从他衣着来看,他一眼就看出这是来自中国的"回归者"。

他停下车,下来问了一句:"早安,请问这么一大早,在这里等什么?"

那人诺诺地说:"早安,大哥,我叫苏莱曼,我是想能不能在您这里打一份工?我家有妻子和幼儿,我们需要生活。"

赛肯仔细打量了一下面前这个苏莱曼,精瘦、高挑,还算健康。

"你能做什么呢?"

"我什么都能做,我有的是力气,粗活重活都可以做。"

"明白。"赛肯点点头,忽生恻隐之心,"那你试试吧,给你半天时间。不过你得在这里先等等。"

赛肯清晰看见苏莱曼眼中掠过一丝难以掩饰的喜悦。

赛肯直接进了工场。

不一会儿,他的合伙人伊万到了。

他说:"你看到门口有个人吗?"

"看到了。好像是来自中国的哈萨克。他想在咱们这里打一份工,我答应他试半天,你以为如何?"

"当然可以,我的至亲朋友!"

这会儿,他的几个工人也赶到了,开始工作。其实,他们前不久刚从俄罗斯西伯利亚进口了一批红松木板,需要从车上卸下。

他走出门外,冲大门那边招了招手,苏莱曼箭一般地飞来。

他告诉苏莱曼:"去吧,就在那边,和那几个工人搭手卸木材吧。"

"谢谢您,谢谢您给了我这份工作,我和我的妻子、孩子会感恩您一辈子。"

赛肯心里动了一下,这才说试半天,怎么就感恩起一辈子来了。

"好吧好吧,你先去试试。"

说罢,赛肯径直进了办公室。有很多的合同条文需要整理,他已经沉入工作了。

不知过了多久,也许是半个时辰,或者是一个时辰,伊万上气不接下气地闯了进来,激动地说:"你出来,出来,天啊,这是什么呀,简直是奇迹……"

赛肯一头雾水,不知伊万在说什么。

"你在说些什么?"赛肯不解地问。

"什么都不要说了,你出来一看就明白了。"

伊万把赛肯连拖带拽地拉出办公室,顺手一指:"你看,你看到没,你招来的那个人——"

赛肯顺势望过去,伊万激动地说:"看,我们的那些工人,两个人抬一头还吃力，你的这个苏莱曼一个人就抬起一头！"

赛肯终于看清楚了，他们进的西伯利亚红松板材，那都是出自原始森林，又宽又厚又长，一块板材以往四个壮汉才能搬起，现在果然一头只有一人，而且苏莱曼索性脱去了上衣，那年轻的身体肌肉线条分明，每一条轮廓里似乎都蕴含了无穷尽的力气。他和伊万站在那里，简直是在欣赏一幕人间奇迹。

"棒极了！"伊万说，"你瞧瞧，他一个人在抬起一头！没见过，真没见过！"

于是，在一个间隙，他走过去，拍了拍苏莱曼的肩，说："你可以留下，好好干吧，苏莱曼！"

苏莱曼像个永不停歇的发动机，在他的带动下，原来以为要一周才能卸完的板材，三天之内就卸完了，赛肯和伊万简直陶醉了。

卸板材的活儿完成了。苏莱曼说："大哥，能有工具不，我想把这个院子拾掇一下。"

"有啊有啊，就在那边，工具房，你自己去挑吧。"

其实，工场院内有几间闲置房，有的放了一些工具，有的临时随便堆放了些东西。

他把一串钥匙给了苏莱曼。"你自己去挑吧。"他随后吩咐道。

苏莱曼点了点头，拿过钥匙走去。

赛肯又有一单生意要谈，急匆匆离开工场。

翌日清早，赛肯进得工场一看，简直不敢相信自己的眼睛，这个院子被打理得干干净净，让他感到还有那么几分陌生。他站在那里，几乎是有些陶醉地摇了摇头。"真是不可思议！"他自言自语地说。

苏莱曼其实到得比他还早，正在工场深处打理一些杂物。看到赛肯，他从那些堆积如山的板材群后面钻了出来。

"苏莱曼，好样的，这个院子被你收拾得我都认不出来了。"

苏莱曼略略低下头去，脸上露出一片掩饰不住的羞涩，像个获得老师褒奖的学生那样，神情显得心满意足。

这时，苏莱曼小心翼翼地抬起头来，怯怯地说："大哥，有一件事我不知该不该讲。"

"请讲，请讲。"他和颜悦色地看着苏莱曼。

"如果您允许的话，我想住到您工场院子里来，那几间仓库给我一间住就行了，我和妻子孩子生活就有着落了，晚上，我还可以帮您看着这个院子。"

"好啊好啊，那你收拾一间出来，搬过来住就是了。"

"谢谢您！您的恩德我和我的妻子孩子会铭记一辈子。"

"不用谢，你去腾房吧。"

赛肯说罢忙自己的事去了。

中午时分，他出得办公室来看看，没想到苏莱曼竟把几间仓房收拾得井井有条，还把腾出的那间房粉刷一新，简直让他刮目相看。

"不可思议！"他摇摇头，对自己说，"这是什么速度！"

当天下午，苏莱曼一家就住了进来。

从此，这个院子里又多了一份温馨。

那天早晨，临出门前夫人对赛肯抱怨起来："你看看这个院子，成了什么样了！你每天一大早出去，晚上才回来，也不顾顾这个院子，野草都长疯了。"

赛肯心不在焉地扫了那么一眼，果真让人不舒服，那野草已经没了田埂，苹果树、樱桃树、李子树根都被野草埋没了，连那一墙月季和蔷薇，都被野草比肩长齐，那些花朵似乎只有从草海里探出头来呼吸，勉强晒着阳光。还有他那个放置在山杨树下的长椅，几乎不见踪影，成了杂草和牵牛花倚绊的支架。天！他在心里倒吸了一口凉气。眼前这一派景象自己居然没有注意，和那个工场杂院相比起来简直显得有些颓废。自己怎么就没有顾上呢？真是的，只顾了忙乎……人有时对有些事还真是视而不见。

他有些歉意地望了望夫人，说："亲，我这就带人过来收拾利落。"

赛肯到了工场，还没下车就把苏莱曼叫上车来。

"你今天到我家收拾一下我那个院子。"

苏莱曼说："要带什么工具吗？"

"什么都不用带，家里有的是工具，你只管用就是了。"赛肯一边说着，一边对他的合伙人说，"伊万，我一会儿就回来。"

转眼就到了他家的院子，苏莱曼看了看院子，被赛肯带到工具房。

苏莱曼看着他满屋的工具，轻轻说："大哥，你这些工具我使唤不好，还是带我回去，拿我的工具过来做吧。"

赛肯耸了耸肩，说："好。"他们撇下一脸茫然的夫人，又匆匆赶回工场。

苏莱曼从他小屋里背出一个帆布小黄挎包，一根木柄还露出头。赛肯有些困惑地看着苏莱曼，准备送他过去。

苏莱曼说："您不用送了，大哥，我已经认好家门了，我这就走过去，我走路很快的。"

赛肯说："也好。"

没想到中午时分，苏莱曼就赶回了工场，告诉赛肯："大哥，您家院子已经收拾好了，往后有这样出力的杂事，随时吩咐，我随时效力。"

赛肯点了点头。

傍晚，赛肯回到家中，看着那收拾停当的院子，感到惊讶和一脸的陌生。

整个果园像被水洗了一样干净。那些滋生的杂草全没了，樱桃树是樱桃树，李子树是李子树，摆脱了杂草，一身清秀。那月季和蔷薇，也舒展着身姿，喷芳吐艳。

夫人迎出来也是满脸的舒心惬意。

他还没开口，夫人就赞叹起来："甭提这个人了，简直神了，拿来一个一拃长的小镰刀，还是直的，还没咱厨房切土豆的不锈钢刀长，我还不以为然呢，没想到一顿茶的工夫，他就把这个院子收拾停当了。"

"你是从哪里找来的这个人？"夫人随后又问。

赛肯笑了，那天清晨的一幕还在眼前，他摇了摇头，坐在那个山杨树下早上还被杂草覆没的长椅上，环视着院子，欣赏着苏莱曼留下的又一个奇迹。

赛肯在哲特苏这一带是个颇有影响力的人物，很热心做一些公益活动，常解囊相助，所以和几任县长很熟。

那天，在一个聚会中与县长相遇。他就说："我有个远房亲戚，在我的工场工作了一些年头，人挺不错的，给他划上个15公顷地吧，这样他以后可以自立门户，过自己的日子。"

县长笑了笑，说："当然可以，瞧瞧是谁在开口嘛！回头您写个申请到我办公室来，我给您批一下就是了。不过，赛克（尊称），听说，这是您的第五位亲戚喽？"

赛肯不置可否地笑了笑。

那天，赛肯把15公顷土地的地契放在苏莱曼面前时，苏莱曼简直不知道该说什么好。他激动得有些语无伦次："谢谢您，我和我的妻子孩子会感念您一辈子。"

赛肯倒是一脸的平静，他从办公桌上把地契推到苏莱曼面前，说："拿去吧，过你的日子去，什么时候有了房，你再搬走。之前，你还可以住在这里，只是你该打理你的土地去了。"

苏莱曼说："今后您有任何事招呼一声我就过来，您是我的再生父亲。"

赛肯笑笑："别这么说，过你的日子去，有事我会找你的。"

在苏莱曼一家搬出工场之前,每天早晚几乎还能打个照面。那年秋天,苏莱曼一家搬出工场,在镇上租到了住房。之后就见得少了。有时苏莱曼会带着妻儿到赛肯家串串门。来年苏莱曼起了一套新宅,也有了二手车,偶或也会来看看赛肯一家。

又翻过了一两个年头,在一次婚礼聚会,赛肯见到了苏莱曼。此时的苏莱曼已经明显发福,腹部略略隆起,食指与中指之间很是优雅地夹着一根香烟,偶或吸那么一口,显得浑身惬意自在。一身的铁色西装,配上白衬衫、蓝格领带,与当地的同龄人已经没有什么区别。

虽然苏莱曼见到赛肯就十分谦恭地迎过来道安施礼,但是,赛肯还是隐隐觉得失去了什么。

他握着苏莱曼的手,望着他的脸说:"喔喔,我的苏莱曼不见了……"

果子沟

　　那时候，气势如虹的果子沟大桥尚在施工中。人们还看不到它今天的雄姿，如今它已然成了新疆现代化的符号和标志性云端斜拉桥梁。过往旅客无不在高山之巅驻足，与这座高傲的桥梁合影留念。那莽莽苍苍的松海，洁白的雪峰，奔涌而去的群山，还有那四季转换色调的深峡，似乎都成了这座大桥的配景。当然，钻过松树头子之下的那条隧道，展现在眼前的是美丽的蔚蓝色的赛里木湖，还有湖畔令人如痴如醉的雪山草原……

　　当时，在萨布尔眼里，只有他经年累月看顺了的果子沟里清澈的溪流，两岸绿草如茵，密密丛丛的野果林、山杏、醋栗随处可见。再往深处走，那山是山，水是水，还有那由阔叶林开始，交错生长着针叶林，最终过渡为清一色的针叶林的山势，的确壮观迷人，美不胜收。一眼望去，满眼的绿色。不过，他还能从这些绿色中分辨出哪些是鲜绿，哪些是嫩绿，哪些是翠绿，哪些是浓绿，哪些是油绿，哪些是草绿，哪些是暗绿，哪些是墨绿。他作为曾经的畜牧局长，一年不知道要从这条山谷里来回穿行多少趟，不夸张地说，他对这里的一切了然于胸，一草一木都可以如数家珍地介绍给你。

不过，他已经退休两年了，所以往这边走动得也少了。这次是因为他身体欠佳，州医院同意他转院到自治区人民医院检查诊断，便赶往乌鲁木齐。

他早就听说果子沟里又启动了新的公路工程，但是进展缓慢，不但过往车辆常常受阻，就连牧民搬迁、畜群转场也受影响，果子沟里的大好自然景色也风光不再。他此行的目的，也是想亲眼看看果子沟究竟变成了啥模样，不然，打一张飞机票从伊宁直飞乌鲁木齐十分方便。局里的新领导也是这么建议的。他只得说出原委：他想顺路看看果子沟的变化，这是他的夙愿。

顺着新建的高速公路从伊宁一路走来，经过霍城、芦草沟，进入果子沟口都还挺好。但是，在经过恰尔巴克德塞——筐子沟和卡伊拉克德塞——磨石沟口时，正在挖山洞，在基纳拉勒塞——将军沟口新的路基要拐进沟内，据说新的高速公路将从那里钻过山洞攀缘而上高架桥，跃上松树头子隧道去。不过，眼下他还看不见未来将要实现的壮丽宏图，在他眼前展现的，尽是东一榔头西一棒子的分段路基，更令他怒火中生的是，那完美的白石崖被炸得七零八落，再也难觅那个神秘的小石洞的踪影，两面的云杉林山坡被切割得半片坡地都是光秃秃的，让人凄惶。而那河谷两边不同层次的绿色，全蒙上了一层筑路工地扬起的尘土，喻示着近些日子这边鲜有下雨。更为可气的是，从果子沟口到新二台，小车原来不到一刻钟就能赶到的路程，现在居然走了整整两个小时还挨不到头。他已经实在忍无可忍。

好不容易磨蹭到新二台，这里的路段依然糟透了。沿途那些民工似乎在那里懒懒散散地做活，看不到什么活力。人怎么可以这样！他在心底呼喊起来。在一个宽敞处，他怒不可遏地让司机停车，自己跳下车去冲着那些民工喊了起来。

"你们这是在干活儿吗？啊?！这明明是在磨洋工！这样干下去，何年何月才能完工！你们的头儿在哪里，把他给我叫来！"

萨凯（尊称）似乎突然间恢复了昔日当局长时的威风劲儿。应当说他当年的办事风格可谓是说一不二，雷厉风行，决策果断，说干就干。雄狮就是雄狮，虽然已是垂暮之年，心无余力，但是一旦抬头，那往昔的八面威风依然存在。

没过多久，一个看上去并不起眼的满头蓬发、满脸灰尘的人冲他走来。

那人走到近前，用浓重的四川口音说："您就是领导喽?"

他未置可否。要说领导他曾经确实是领导，要说不是他现在并不是在任领导。但是，那辆日本产丰田陆地上的巡洋舰似乎暗示着什么。

那人说："您不是找工头吗？我就是！领导有什么指示?"

"我说，好好的一条沟被你们搞得乱七八糟的，而且一路过来我全看到了，干活不像干活的样子，这么磨磨蹭蹭的，何时完工？哪年哪月是尽头？明白吗？现在交通都受影响。"

那个满头蓬发的工头嘴边滑过一丝不经意的冷笑，依然用四川话阴阳平仄的腔调抑扬顿挫地说道："感谢领导来工地现场检查指导工作，我们已经很久见不到领导来了，今天可好，太阳没有从西边出来，领导送到家门口来了！"

"别扯这些没用的，我问你，你们照这样下去，打算什么时候完工？"

"问得好，领导，你知道吗，我们已经一年多没有拿到一分钱了，对此没人问津。我的那些乡亲们比我还惨，虽然成天跟着我干活，我只能对他们一日三餐管饱，却给不了他们工钱！"

"钱呢？国家的工程项目投资呢？哪去了？"他愤怒地问。

"问得好！领导！告诉你吧，领导，这条路层层分包，包到我这里已经是第四层分包了。钱全在那总承包商那里，那个人的面我到现在也没见过。连自治区主管交通的副主席都被判了刑，我们还是没有见到钱，每天的开销还要我这个工头从腰包里垫着。领导，今天你来得正好，帮我们找到这个人吧，帮我们这些兄弟们把辛苦钱要回来。总算苍天开眼，把您这位领导送到我们眼前了。"

他发现自己突然语塞，无言以对了。没想到才退下来两年光景，世事的变迁竟如此之快，这一切的确突如其来，实在是出乎他的意料。干了一辈子，自己还从没有像眼下这般措手不及。

他忽然发现自己过去只是管过畜牧业，还从来没有管过这种工程施工，这里的玄机居然如此深奥，是他始料不及也是力所不逮的。

他这才意识到自己能力的渺小。他明白自己压根解决不了这个棘手的问题。

他转身准备上车，工头挡在了面前，一群民工也围了上来，那一双双眼里释放着幽幽蓝光。"领导，给钱！领导，给钱！""给我工钱！给我们工钱！"那些四川民工以起伏的腔调凌乱地呼喊着，把他团团围住。

他突然意识到自己的血压蹿了上来，左胸口开始剧烈地绞痛起来，他弱弱地说："药，药……"但是，他的药放在车上的提包里，现在鞭长莫及。他近乎绝望地望了一眼新二台的老公路，他清晰地记得，州文化局已故局长哈利姆，当年就是在这里出车祸去世的，是他的小车夜间追尾停靠路边拉松木的大车，半边车身都被削平。难道自己的劫数也在新二台？

他的耳边充斥着"给钱……给钱……"的声浪，渐渐地，他什么也听不见了，訇然倒去。

他不会知道，后来的路终于修通了，那伟岸的桥也架了起来，与这一方崇山峻岭、雪山松林融为一体，成了这方山川出其不意的新景。

此刻，这条高速公路全线贯通，果子沟大桥巍然屹立在那里，透过时间的烟尘，似乎依稀记得那天发生了点什么。

快递哥哥

楼道里很暗,也许是这个缘故,当有人敲门时,三岁的玛丽娅会惊吓得往里屋躲。家里人就会对她说:"不怕,不怕,那是快递哥哥,给咱们送东西来了。"

家里人开门,果然是送快递的来了。

那是一件积木玩具,是爸爸从网上订购,点对点服务,送货上门。妈妈签收后,就给玛丽娅打开包装。这一天玛丽娅玩得很开心,也很专注——她的注意力几乎全部集中在这个变幻无穷的积木玩具上了。

晚上爸爸下班回来,玛丽娅飞一般的扑进爸爸怀里,高兴地说:"爸爸,快递哥哥给我送来了这个!"她向爸爸炫耀着手中的积木玩具。

"那是爸爸买的。"爸爸含笑说。

"不是,是快递哥哥送来的。"玛丽娅一双纯净的眼睛清澈地望着爸爸。

"是爸爸买了让快递哥哥送来的。"爸爸想说明委由。

"不是,是快递哥哥送来的。"玛丽娅一脸认真地纠正爸爸。

"好好好,是快递哥哥,是快递哥哥。"爸爸心头不经意间滑过一丝轻轻的惆怅。他觉得自己的微笑已经凝固在脸上，这一切让他感到多少有些措手不及。

第二天正好是个周末，一家人准备欢天喜地地出门玩一天。爸爸用手机软件打的车，玛丽娅就依偎在爸爸怀里，看他摆弄。手机不断发出清脆悦耳的应答声。不一会儿，车就订好了。

一家三口，加上小阿姨，正好四人一车。一坐到车上，玛丽娅就来了一句："嘀嘀一下，马上出发。"

爸爸愣住了，这不是刚才订车时手机发出的提示语吗？他摇摇头，冲着妻子笑笑。心想，看来孩子就是块磁铁，听到见到什么，都会被她像铁屑一样吸过来。

傍晚回家时，他突然发现就在附近有一所韩国人开办的幼儿园，他觉得应该把玛丽娅送到那里去。这里离家近，既没有堵车之苦，孩子也会在家睡足了觉出门。其实，对于孩子来说，睡足觉比什么都重要，他是医生，他比谁都清楚这一点。

三天以后，玛丽娅从幼儿园回来第一句话便是："我是大老板。"这让爸爸有点目瞪口呆。他意味深长地看了看妻子。

那天，雾霾太重，幼儿园临时放了一天假。妈妈在家里陪着玛丽娅。玛丽娅正专注地搭着积木。妈妈是学经济的，她觉得应当让孩子认认钱，从小有点经济头脑，便从钱包中取出一百元让玛丽娅认。

"这是一百元。"妈妈对她说。

玛丽娅顺手接过一百元，说："这是我的钱。"便放进了自己的玩具小钱包。

妈妈有点出乎意料，看来，幼儿园已经教会了这些东西。

玛丽娅还顺口来了一句韩语：阿尼哈思呦（你好）。

此时，正好玛丽娅的爷爷打来电话，说给玛丽娅从国外带回来一个玩具女孩（芭比娃娃）和一套童装，让他们有时间来取走。

晚上，爸爸下班回来给爷爷打了一个电话："爸，周末我们过去看您，您还是亲手把玩具和童装给到玛丽娅手上吧，不然她会认为是'快递哥哥'送来的，或者，谁给到她手上，就认为是谁送的，不会觉得是爷爷送的。"

话筒那边，传来爷爷爽朗的笑声："也好，也好，那就周末见。"

巡　山

他看到了那顶毡房穹顶般硕大的犄角，在那里纹丝不动，居然是在那并不险峻的山脊上。他极目望去，竟是一头岩羊卧在一块大圆石上。按说，那不该是岩羊歇脚之处。以它天生机敏，此时它应该有所动作才好。但是，不知怎的，貌似全然无知，一动不动。

这引起了他足够的好奇。

自从持枪证和猎枪一同被收缴，他再没有触及过岩羊的皮毛。岩羊已被列入国家二级保护动物名单，猎获它是要犯罪的。当然，在这天山深处，所有的野兽和动物都有保护等级。这一点，他心里了如指掌。

这些年来，他只保留了一个习惯，每到初秋，都要到这山上走走，哪怕是看一眼那些野物。他自己将此称为巡山。现在山上的野物越来越多了。有时候成群的野猪会趁着夜色跑到牧人营盘附近，将草地翻拱一番兴冲冲地离去，压根儿不理会牧羊犬凶猛的吠声。肥嘟嘟的旱獭也会在光天化日之下昂然走过车路饮水上山。有一回走在山林里，不经意间一抬头在树杈上见到了狸猫，那家伙没有丝毫的怯意，两眼直视着自己，闪着幽幽的光。狼和狐狸他也常见。有一次，一只狼叼着一只黑花羊从公路旁高高的铁丝网上纵身腾跃而去，全然不顾飞驰的汽车，横切公路越过另一道铁丝网，在公路另一侧的草原上，朝着那条山梁奔去，估计它的窝就在那边，小狼崽们或许正在耐心等待它满载而归。

他终于从山凹登上了山脊。那只岩羊还在，几乎在那个大圆石上一动不动。

他有些迟疑。这是他此生见到的最不可思议的情景。一只岩羊，居然还会等着他登上山脊。按说以岩羊的机警，早就应该逃之夭夭。

他下了马，将坐骑用马绊子绊好，向着大圆石走去。

岩羊依然没动。他的心有点缩紧——太奇怪了！真是匪夷所思！那只岩羊丝毫没有逃跑的意思。

山脊的风很强劲，呼啦啦地吹着，秋黄的草被风撩起一阵阵草浪，欷欷作响。雪山上的雪线已经开始低垂。要不了多久，雪线也会覆盖到这座山脊。

他环视了一下，对今天的奇景疑惑不解。

他决定攀上大圆石看个究竟。

他利利索索就攀上了大圆石。

那岩羊还是没动。

走近岩羊的刹那，他惊呆了。

这是一只已经痴呆的老岩羊，它根本意识不到人的走近，双眼蒙满了眵目糊，牙也掉尽，那一对毡房穹顶般的犄角尖，已经深深地长进后臀皮肉里了。

他望着眼前这只老岩羊，一阵惊怵像电流般袭过周身。天哪，他想，唯有你苍天不老，人和动物都会老去。

他将老岩羊双眼的眵目糊擦去，老岩羊却对他视而不见。

他心疼极了。

"你怎么会老成这样？"他在心里问这只老岩羊。

难道没有哪只狼来成全你吗？

但是他又否决了自己。

其实，他心里清楚，狼也只吃它该吃的那点活物，只不过是背负罪名而已。哈萨克人那句话说得好，狼的嘴吃了是血，没吃也是血。

现在，他的心情很沉重。他不忍心就这样抛下这只已经痴呆的老岩羊而去。生命总该有个尽头。他为这只老岩羊祈祷。于是，他割下这只老岩羊的首级，将长进后臀皮肉里的犄角尖拔出，面朝东方搁置好羊头，依然保持着它曾经的尊严。他把老岩羊的躯体肢解后放在大圆石上，用枯草揩净手和折扣刀，上马离去。

这时候，他看见天空中开始有秃鹫盘旋，还有几只乌鸦和喜鹊捷足先登，落在大圆石上开始争食老岩羊的肉。一个艰难的生命终于终结。

下山的时候，他的心情多少有些缓了过来。他自己似乎突然彻悟了什么。

犟 马

终于看到了希望。

她看着这位骑马而来的长者,冲女队友挤了挤眼,兴冲冲地说:"大叔,能借用一下您的马吗?"

"可以呀。"那位大叔捋了捋胡须,望着她们。那质询的眼神,她们是读懂了。

"我们就去一下山下面那个村庄,在小卖部买点东西回来。"

"好的。"那位大叔说着,就把手中的马鞭递给了她们。

她俩兴冲冲地骑上马背。她骑在马鞍上,女队友骑在马鞍后面的马后鞯上。

她用马镫轻轻踢了踢马肚子,那马没动。她不得不提起马缰朝马后臀落下一鞭。

那马很不情愿地迈开慵懒的步伐。其实,这是马与陌生骑手之间的一种较量。她们全然不知。她们只是为能遇到这位大叔和大叔的这匹马而庆幸,尤其为能到下面的村庄买点食品回来感到兴奋。

天气晴好,厚厚的雪被覆盖着远山近岭。这山麓地带会有逆温层护着,所以比起平原地带和伊犁河岸,显得十分温暖。她们的心情更好。出了小山村,在马鞭的催逼下,大叔的马也很不情愿地迈起小碎步。她们毕竟是哈萨克女孩,不无欣赏地说:"呵,这马还有花步,会走一溜羊小跑呢。"只听得小路上被踩得瓷实的雪,在挂了乳头马掌(冬季挂的带尖的马掌)的马蹄下,发出有韵律的吱嘎声,很是轻快。有时在走下山湾的当儿,她们还能听到柔柔的回响声。

她们的心情很是舒畅,全然忘了队长和两位队友融进寡妇家的那点事。有时饿极了,她们也想伙着队长和队友去寡妇家蹭饭。但是,当看见吱吱叫着满院跑得甚欢的那些猪崽,她们又望而却步。现在可好,她们可以到小卖部买回她们喜欢的食物了。

但是,那种欢快劲不一会儿便烟消云散。一切都是那样赶巧。小卖部店门紧闭,主人去城里了。她们来到驻村工作组东家时,那位维吾尔族大妈告诉她们,那两位工作队员到对面山梁上的牧村串门去了。她们有些悻悻然,但是,很快稳住了情绪,准备到对面山梁上的牧村去转转,看看那两位工作队员。

下面是一条小河。冰没有结透。走到小河边,那马不肯向前。毕竟是城里长大的两位姑娘,她们选择下马牵过河去。她看到一块石头露出水面,于是,她牵起缰绳头,踩着那块石头过了小河。然后想强拽那匹马过河时,那马居然一仰头,缰绳从她手中脱落。那马撒腿就向那边的山坡奔去,女队友当下就坐在雪地里号啕大哭起来。

"这下完了……这下该怎么办哪……"女队友哭得如丧考妣,哭得那个悲伤,把她郁结在心中那点平时不肯示人的愁绪全给哭出来了。

她突然怒了。"别哭!"她说。

女队友哭得愈发撕心裂肺了,太阳都被她哭得面色苍白。

"哭什么哭!"她大喝一声。

"我们怎么办呀,那马跑了。"女队友抽抽噎噎地说。

"你哭了马就能回来吗?!"

女队友哭得更伤心了:"那马要是走失了我们怎么向大叔交代呀。"

正在此时,一位小男孩骦骑着马来了。他是到小河边给那匹带着大驹子的牝马饮水来了。

她如见救星,立即央求这位小男孩:"小兄弟,帮帮我们,把我们那匹马抓回来吧,我给你五十元钱。"

那小男孩爽快地说:"好的姐姐,不用给钱,我去给你们牵回来。"

小男孩说罢调转马头向那边的山坡驰去。山坡上雪很厚,大叔的马到了山坡上雪已齐到胸前,停在那里不走。

小男孩骦骑着牝马赶到山坡上时,那匹大驹子干脆跟不上牝马,在雪深处停步不前,只是咴咴地叫着母亲。

小男孩把手中长长的鬃索扣了个套马索,当大叔的马一跃一跃地试图逃离时,小男孩将套马索在头顶上挥了几圈便抛出去,将大叔的马套个正着。

不一会儿,小男孩便将大叔的马牵回来,过河让她们骑上。

她把那张浅绿色的五十元钞票塞进小男孩的手里时,那小男孩坚辞不受。他的脸涨得通红,"这是我该做的,大姐。"他说。

于是,小男孩饮过马,带着她们来到山梁上那家人家。

两个队员正好在那家,见到她们格外开心。主人家正好做了一锅香喷喷的羊肉抓饭,吃在嘴里那叫一个香,此生难忘。哈萨克人有一句话,饥荒时吃过的那口羊头肉此生难忘。她们更何况吃的是羊肉抓饭。

辞别主人家时,她们执意要让两位队员带路,来到不远处那个小男孩家,要留下那五十元钱。但是,小男孩的父亲坚决不要,说他孩子作为一个男子汉做了一件该做的事情。

当她们终于回到驻村,那位大叔还在。她们把今天的遭遇告诉大叔时,大叔只是浅浅地一笑,说:"我这马就是一匹犟马,有时它会欺生,但是我从不担心它会走失,无论在哪里,它都会回到主人身边。"

她们俩用惊异的目光看着这位大叔。